Cada día es un buen día

AF275275

Novela

Noriko Morishita
Cada día es un buen día
La ceremonia del té
y sus secretos para la felicidad

Traducción del inglés de Anna Valor Blanquer

 Planeta

PEFC Certificado

Este libro procede de
bosques gestionados
de forma sostenible

PEFC

PEFC/14-38-00305   www.pefc.es

La lectura abre horizontes, iguala oportunidades y construye una sociedad mejor.
La propiedad intelectual es clave en la creación de contenidos culturales porque
sostiene el ecosistema de quienes escriben y de nuestras librerías.
Al comprar este libro estarás contribuyendo a mantener dicho ecosistema vivo y
en crecimiento.
En **Grupo Planeta** agradecemos que nos ayudes a apoyar así la autonomía creativa
de autoras y autores para que puedan seguir desempeñando su labor.
Dirígete a CEDRO (Centro Español de Derechos Reprográficos) si necesitas fotocopiar,
escanear, distribuir o poner a disposición algún fragmento de esta obra (www.cedro.org;
91 702 19 70 / 93 272 04 45).
Queda expresamente prohibida la utilización o reproducción de este libro o de cualquiera
de sus partes con el propósito de entrenar o alimentar sistemas o tecnologías de
inteligencia artificial.

Título original: *Nichinichi Kore Kojitsu - Ocha Ga Oshietekureta 15 No Shiawase*

© Noriko Morishita, 2002
Primera edición japonesa publicada por Asukashinsha Publishing en 2002
Edición rústica japonesa publicada por SHINCHOSHA Publishing Co., Ltd. en 2008

Primera edición inglesa publicada en 2019 por Japan Publishing Industry
Foundation for Culture como parte del proyecto JAPAN LIBRARY y con
traducción de Eleanor Goldsmith
© de la traducción al inglés utilizada como referencia, Japan Publishing Industry
Foundation for Culture, 2019

Esta edición castellana publicada en acuerdo con SHINCHOSHA Publishing Co., Ltd. y
Japan Publishing Industry Foundation for Culture por mediación de Tuttle-Mori Agency,
Inc., Tokyo en asociación con International Editors' Co., Barcelona

© de la traducción, Anna Valor Blanquer, 2021
© Editorial Planeta, S. A., 2021
   Avda. Diagonal, 662-664, 08034 Barcelona (España)
   www.planetadelibros.com

Adaptación de la cubierta: Booket / Área Editorial Grupo Planeta
Ilustración de la cubierta: © Bianca Bagnarelli
Imágenes del interior: © Katsuhiko Ushiro,
   imágenes marcadas con * © Mitsuyoshi Hirano (Shinchosha Photography Department)
Primera edición en Colección Booket: enero de 2026

Depósito legal: B. 21.110-2025
ISBN: 978-84-08-31392-2
Impreso en España

Biografía

Noriko Morishita nació en 1956 en Yokohama, Japón. Estudió literatura japonesa en la universidad de Nihon Joshi Daigaku. Ha trabajado siempre como periodista cultural y logró cierto reconocimiento por su columna «Dekigotolgy», en la revista semanal *Shūkan Asahi*. En 1987 publicó su primer libro, *Noriyakko Dosue*, relatando su experiencia como *maiko*, aprendiz de *geisha*. Con la publicación de *Cada día es un buen día* logró un gran éxito y se posicionó como una de las autoras favoritas del público nipón.

ÍNDICE

ÍNDICE

PRÓLOGO

Todos los sábados por la tarde voy andando hasta una casa que hay a unos diez minutos de la mía. Es una casa vieja, con una aralia en una maceta al lado de la entrada. Al abrir la puerta corredera, con su traqueteo, me reciben gotitas de agua relucientes en el suelo del vestíbulo y el suave olor a carbón. Oigo el leve borboteo del agua corriente que viene del jardín.

Entro en una sala silenciosa que da al jardín para sentarme de rodillas sobre el suelo cubierto de tatami, hervir agua, batir té y bebérmelo. Repito este proceso una y otra vez. Llevo veinticinco años viniendo a esta lección semanal de Té*, desde que era universitaria.

Todavía me equivoco con los procedimientos. Muchas partes me siguen pareciendo poco claras y me pregunto por qué las llevamos a cabo. Se me entumecen los pies. El protocolo me frustra. No tengo ni idea de cuánto me llevará entenderlo todo por completo.

—¿Por qué te gusta tanto el Té? —me preguntan a ve-

---

* N. de la T.: Para referirnos a la *ceremonia del té* solemos usar simplemente *Té*.

ces mis amigas—. ¿Por qué has seguido practicándolo tanto tiempo?

Cuando tenía diez años, mis padres me llevaron a ver una película que se llamaba *La strada*, dirigida por Federico Fellini. Esa historia de artistas ambulantes pobres solo puede describirse como desoladora. Su significado se me escapó por completo y no era capaz de entender por qué una película como esa se consideraba una obra maestra. Para mí, no era nada comparada con Disney.

No obstante, cuando la volví a ver diez años después, siendo estudiante, me conmocionó. La canción de Gelsomina de la banda sonora me resultaba familiar, pero, aparte de eso, era como si viera la película por primera vez.

«Así que de eso iba *La strada*», pensé, sentada en la oscuridad total de la sala de cine, llorando a mares y con el corazón destrozado.

Durante los años siguientes me enamoré y experimenté por mí misma el trauma del desengaño amoroso. Decepción tras decepción en mi búsqueda de un trabajo, seguí intentando encontrar mi lugar en el mundo. Tras una década y más dificultades de ese tipo —que son prosaicas, lo reconozco—, volví a ver *La strada* a mediados de la treintena.

De nuevo, había muchas escenas que no recordaba haber visto antes, diálogos que no recordaba haber oído. La impecable actuación de Giulietta Masina como la inocente protagonista Gelsomina era dolorosamente conmovedora. Y Zampanò ya no era tan solo un bruto cruel; ahora, postrado en la playa bajo las estrellas, con el cuerpo retorcido por el llanto, me parecía un hombre mayor patético que lloraba la muerte de la chica a la que había abandonado. «Qué criaturas tan desdichadas somos los humanos», pensé. Las lágrimas me cayeron por la cara en un torrente interminable.

6

Cada vez que veía *La strada*, me parecía una película completamente diferente. Y se volvía más profunda con cada visionado.

En este mundo hay cosas que entendemos de inmediato y cosas que nos lleva tiempo comprender. Una vez es suficiente para las experiencias del primer tipo, pero las que pertenecen a la segunda categoría, como *La strada* de Fellini, solo se nos revelan gradualmente, con una lenta metamorfosis a lo largo de varios encuentros. Y cada vez que entendemos un poco más, nos damos cuenta de que solo habíamos visto un pequeño fragmento del total.

El Té es así.

Cuando tenía veinte años, pensaba que el Té no era más que protocolo y reglas. No me resultaba nada agradable que me obligaran a amoldarme. Y la situación empeoraba porque no tenía ni idea de lo que hacía, por muchas veces que lo hiciera. Y aunque me acordara de algo, los procedimientos y la combinación de utensilios variaban según las condiciones meteorológicas de cada día. Cuando cambiaban las estaciones, la distribución de la sala se alteraba de forma drástica. Viví en primera persona los ciclos infinitos de la sala de té durante años siendo solo vagamente consciente de lo que significaba todo aquello.

Y un día, de improviso, sentí el tibio aroma de la lluvia en el aire. «Se avecina un aguacero», pensé. Las gotitas que acribillaron los árboles y las plantas del jardín sonaron distintas. Después, el aire estaba impregnado de olor a tierra.

Hasta ese momento, solo había concebido la lluvia como agua —un agua sin olor— que caía del cielo. La tierra tampoco había tenido olor. Era como si hubiera mirado el mundo desde el interior de un tarro de cristal puesto del revés y, de pronto, alguien hubiera levantado el tarro y hubiera dejado que las estaciones llegaran hasta mis sentidos del olfato y del oído. Me recordó que yo también era un ser estacional, igual que una rana capaz de identificar el olor de la charca en la que había nacido.

Todos los años, a principios de abril, los cerezos siempre alcanzaban la plena floración. A mediados de junio, empezaba a llover como si todo estuviera planeado. Me asombró este hecho corriente, en el que no había reparado en casi treinta años.

Antes de ese momento, pensaba en las estaciones en términos binarios: las estaciones cálidas y las frías. Poco a poco, empezaron a surgir categorías más sutiles. En primavera, los membrillos florecían primero, seguidos de los ciruelos, los melocotoneros y, luego, los cerezos. Una vez que el último de estos había pasado del rosa al verde más tierno, el viento paseaba por el barrio el aroma embriagador de los racimos de las glicinias cargados de flores. Cuando había transcurrido el momento álgido de la floración de las azaleas, el aire se cargaba de humedad y anunciaba los primeros chaparrones de la temporada de lluvias. Las ciruelas engordaban en los árboles, los lirios cubrían los bordes de los arroyos y los estanques, las hortensias florecían de pronto y el viento transportaba la dulce fragancia de las gardenias. Cuando las hortensias se apagaban y la estación de lluvias llegaba a su fin, cerezas y ciruelas suculentas llenaban los cajones de las fruterías. Cada estación se solapaba con la siguiente y siempre había algo de lo que disfrutar.

El calendario tradicional japonés no se divide en cuatro, sino en veinticuatro estaciones. Sin embargo, a mí me parecía que, cada vez que iba a mi lección semanal de Té, era una estación diferente.

Un día que llovía a cántaros, me cautivó tanto el sonido de la lluvia que me pareció que la sala desaparecía y me quedaba en medio del diluvio. Continué escuchando y llegó un punto en el que me convertí en la lluvia que caía en el jardín de la *sensei**.

«¡Así que esto es estar viva!»

Tenía la piel erizada.

Estos momentos que he vivido a lo largo de los años de estudio del Té han sido como depósitos a plazo fijo que van venciendo. No hice nada especial para desencadenarlos. Llevé una vida de veinteañera de lo más normal y viví la treintena y la cuarentena del mismo modo.

Sin embargo, sin que yo me diera cuenta, algo había estado creciendo todo aquel tiempo, como el agua que llena un vaso gota a gota. Nada cambiaría hasta que el vaso estuviera lleno. Al final, el agua llegó hasta arriba, sobrepasó el borde y se sostuvo solamente gracias a la tensión superficial, hasta que un día cayó otra gota y rompió el equilibrio. En ese instante, el agua se derramó por encima del

---

* N. de la T.: Para las palabras en japonés, se usa el sistema Hepburn de romanización, también para los nombres de personas y lugares, excepto si en español existe una tradición diferente.

borde del vaso y cayó.

Es evidente que no es necesario estudiar el Té para experimentar un despertar gradual. Las personas que tienen hijos a menudo dicen cosas como: «Mi padre me decía que un día lo entendería, pero no comprendí lo que quería decir hasta que no cogí a mi hijo en brazos». Algunas personas, cuando enferman, descubren que las cosas más normales y corrientes de su alrededor se vuelven muy valiosas.

En ocasiones, el simple paso del tiempo puede abrirnos los ojos para que constatemos cuánto hemos crecido, pero no hay nada como el Té para podar los excesos y volver tangible el crecimiento personal que no se ve. Al principio no tienes ni la menor idea de lo que haces. Y un día, de pronto, se amplían tus horizontes. Como en la vida.

A cambio del tiempo que lleva entenderlo, el Té te permite saborear la emoción del momento en el que tu mundo se expande. Al principio es un vaso pequeño; luego, otro más grande, y, finalmente, un caldero enorme de agua se derrama una y otra vez.

Justo después de cumplir los cuarenta, cuando llevaba estudiando Té más de veinte años, empecé a hablarles de ello a mis amigas. Reaccionaban con asombro y decían cosas como «¡Vaya! ¿De verdad es así?». A su vez, su reacción me sorprendía a mí. Mucha gente se imagina que el Té es un pasatiempo caro para sibaritas intelectuales, pero no tienen ni idea de las sensaciones que inspira. Y a mí se me había olvidado por completo que yo, hasta hacía poco, también había sido de los que lo veían de ese modo.

En ese momento decidí que algún día escribiría sobre el Té. Sobre lo que había sentido durante las lecciones en casa de la *sensei*, sobre la multitud de estaciones, sobre esos momentos de los últimos veinte años en los que mi vaso había rebosado.

Aunque de niña no la comprendí, *La strada* de Fellini hace que la persona que soy hoy llore a mares. Me rompe el corazón sin esfuerzo y ya no me cuesta entenderla. Hay cosas que no se pueden comprender, por más que nos esforcemos, hasta que no llega el momento adecuado, pero cuando llega el día, es inevitable.

Cuando empecé a aprender Té, por más que me esforzara, no retenía ni la más mínima noción de lo que estábamos haciendo, pero, paso a paso, las cosas han empezado a tomar forma. Después de veinticinco años tengo, por lo menos, una idea vaga de por qué hacemos lo que hacemos.

Cuando pasas por momentos difíciles, cuando has perdido toda la confianza y parece que el mundo está sumido en la oscuridad, el Té te enseña, sobre todo, una cosa: vive en el presente con un ojo puesto en el futuro.

INTRODUCCIÓN
—

CHAJIN: UNA PERSONA DEL TÉ

La tía Takeda

—Es una mujer especial, ¿eh? —me dijo mi madre. Yo tenía catorce años y ella acababa de volver de una reunión de la asociación de padres y madres del colegio de mi hermano pequeño—. Todos nos hemos saludado con reverencias, pero la suya era diferente a las de los demás.

—¿Cómo que su reverencia era *diferente*? —le pregunté.

—Era una reverencia normal, pero, de alguna manera, era diferente —respondió mi madre—. Cuando ha dicho «Me llamo Takeda» y ha inclinado la cabeza, me he quedado sin aliento. Nunca había visto una reverencia tan bonita.

—¿Y se llama señora Takeda?

—Sí, es una mujer especial.

«Me pregunto qué tipo de persona es una persona *especial*.»

Por algún motivo, me imaginaba a alguien severo e intimidador.

Un día encontré a mi madre en la puerta de casa hablando con una mujer de mediana edad que llevaba una blusa de cuello redondo y a quien yo no había visto nunca antes. Con su aspecto pálido y sus maneras suaves y dulces, me recordaba a un pastelito de arroz *habutae-mochi*.

—¿Esta es su hija? —le preguntó—. Encantada de conocerte. Me llamo Takeda. —Y, con una sonrisa afectuosa que le iluminaba los ojos, hizo una reverencia.

Era la mujer de la que mi madre me había hablado. Sí que tenía una reverencia bonita y delicada, pero no me parecía tan especial como mi madre me había hecho creer. Distaba mucho de ser el tipo de persona que me había imaginado cuando había oído la palabra *especial*.

«Solo es una señora de mediana edad simpática y agradable.»

Y así fue como conocí a Tomoko Takeda.

La señora Takeda se volvió lo bastante amiga de mi madre como para que yo la llamara *tía Takeda*. Nacida en uno de los distritos de clase trabajadora de Yokohama en 1932, mantuvo su carrera laboral hasta los treinta —algo poco habitual para una mujer de su generación—. Entonces se casó, tuvo hijos y se dedicó a la vida de ama de casa a tiempo completo.

La tía Takeda tenía un aspecto bien cuidado. No es que fuera especialmente bella, tampoco la vi llevar ni una sola joya, pero siempre estaba muy guapa.

Nunca sonreía con esa ambigüedad que suelen mostrar las mujeres de mediana edad, como si escondieran algo, ni hablaba con esa voz chillona y estridente que suelen emplear esas señoras cuando se juntan. Su forma brusca de hablar, que la delataba como una verdadera yokohamita, contrastaba bastante con sus maneras suaves y dulces.

Aunque siempre era absolutamente correcta cuando se relacionaba con los demás, parecía que no le gustaban las multitudes, por lo que, una vez que había finalizado lo que tenía que hacer, se excusaba enseguida con el grupo y se iba sola. A diferencia de muchos adultos que yo conocía —tanto hombres como mujeres—, los cuales hablaban o se comportaban de forma distinta cuando estaban en presencia de la autoridad o el poder, la tía Takeda no cambiaba ante nadie.

Cuando no conseguí entrar en la universidad que había elegido como primera opción y me preguntaba si debería pasarme otro año estudiando para volver a presentarme al examen de ingreso, mis padres y los otros adultos que conocía me decían exactamente lo mismo:

—Eres una chica, no hace falta que esperes un año. Total, algún día te casarás y dejarás de trabajar. Ve a otra universidad y ya está.

Solo la tía Takeda pensaba diferente.

—Ve donde quieras ir, Noriko —me dijo—. Creo que deberías tener una carrera profesional y vivir una vida plena.

Fue la primera vez que oí a una mujer de mediana edad expresar su opinión abiertamente. Y cuando, al final, decidí no volver a presentarme al examen, me dijo:

—Entiendo. Mientras lo hayas decidido por ti misma, está bien. Ahora debes vivir de modo que puedas alegrarte de haber tomado esa decisión.

La tía Takeda siempre iba acompañada de un aura de compostura y riqueza, pero no como la de las mujeres de los adinerados. En un tiempo en el que la mayoría de las amas de casa se centraban solamente en el avance de las carreras profesionales de sus maridos y el éxito académico de sus hijos, ella parecía estar familiarizada con un mundo adulto más amplio.

—Es porque es una *chajin* —me explicó mi madre.

—¿Qué es una *chajin*? —pregunté.

—Una persona del Té, alguien que practica la ceremonia del té. Dicen que lo estudia desde que era niña. Y parece que hasta tiene una licencia de maestra. Está claro que no es como los demás. Lo supe de inmediato desde el primer día que la vi. Es una mujer especial.

Yo le respondí con un sonido evasivo.

El Té me parecía algo de otro planeta. Lo único que sabía era que había que batir para hacer espuma y, después, por algún motivo, girar el tazón de té antes de beber. Desconocía del todo qué tenía que ver el estudio del Té con el aire increíblemente pulcro de la tía Takeda o con su naturaleza imperturbable, pero la dignidad de la palabra *chajin* cuando la oí por primera vez se me quedó grabada.

Mis años como estudiante pasaron en un abrir y cerrar de ojos.

Había querido aprovechar mi etapa universitaria para encontrar algo a lo que consagrar mi vida, pero en realidad no sabía qué era lo que quería hacer. No dejaba de buscar lo inusual, me atraían las cosas por las que pocos se interesaban, pero no conseguía perseverar mucho tiempo. Cuando estaba en el tercer año de universidad, la gente de mi alrededor empezó a sacar el tema de encontrar trabajo.

Un día, mi madre se volvió hacia mí de pronto y me dijo:

—Noriko, ¿por qué no estudias Té?

—¿Qué? ¿Por qué? —pregunté frunciendo el ceño instintivamente. Aquella idea ni se me había pasado por la cabeza.

Por un lado, las aficiones como los arreglos florales o el Té estaban pasadas de moda y eran de pringada total. Para mí, todas ellas constituían el tipo de actividades que los padres conservadores que consideraban el matrimonio como una forma de búsqueda de trabajo obligaban a llevar a cabo a sus hijas para poder casarlas con alguien con dinero. Si iniciaba una afición, prefería el flamenco o el italiano.

No, el Té era un mundo que requería muchísimo dinero. Era un símbolo del estatus de los ricos. No era más que autoritarismo sin sentido. Solo eran mujeres presumiendo ante las demás. No tenía nada en absoluto que me atrajera. Y, no obstante…

—¿Té? ¡Qué buena idea, me encantaría aprender! —saltó una voz. Era mi prima Michiko. Se le habían iluminado los ojos.

Michiko y yo teníamos la misma edad y éramos amigas íntimas desde pequeñas. Su familia tenía dinero y vivían en una zona de provincias de Japón. Cuando llegaban las vacaciones de verano o de invierno, iba allí con ellos y las dos pasábamos juntas varias semanas. Michiko se había mudado a la gran ciudad para ir a la universidad y vivía en un piso cerca de nuestra casa.

—Hace tiempo que quiero estudiar Té —dijo. Era una joven dulce y mucho más cooperativa que yo.

—En ese caso, adelante, claro que sí —respondió mi madre—. Será bueno para ti. —Entonces se inclinó hacia delante y me dijo—: ¿Ves? Michiko va a probarlo, como una buena chica.

Yo sentí una punzada de rabia, pero, a pesar de mi irritación, vacilé cuando Michiko me dijo:

—Anda, Nori, vayamos juntas. ¡Estudiemos Té!

Si iba a clases de Té con Michiko, podíamos parar a charlar en alguna cafetería de vuelta a casa. Siempre que nos juntábamos, nos pasábamos horas hablando de las últimas películas que habíamos visto, de los famosos extranjeros que más nos gustaban, de novelas interesantes y de viajes fuera del país.

Solo me quedaba un año de vida universitaria y aún no había encontrado aquello que realmente quisiera hacer. Para ser sincera conmigo misma, estaba harta de buscar lo inusual por todos lados. Quizá fuera mejor empezar algo —lo que fuera— en serio, en lugar de vivir frustrada por no encontrar lo que quería.

Lo que fuera, de verdad. Hasta una de esas tradiciones japonesas estiradas...

—Se lo preguntaré a la señora Takeda —dijo mi madre—. Hasta tú estarías contenta teniéndola de maestra, ¿a que sí?

Cuando oí a mi madre decir aquello, me vinieron a la cabeza imágenes de la compostura y la pulcritud indescriptibles de la tía Takeda mientras los ecos de la palabra *chajin* empezaban a resonar de nuevo en mi corazón.

—Bueno, supongo que podría probar...

Era la primavera de 1977 y tenía veinte años.

CAPÍTULO 1

—

APRENDE QUE NO SABES NADA

La casa de la sensei

La tía Takeda enseñaba Té a varias amas de casa del barrio los miércoles por la tarde en su domicilio, pero, como Michiko y yo éramos estudiantes universitarias, aceptó que nuestras lecciones fueran los sábados.

Yo había pasado junto a su casa muchas veces. Estaba al lado de las vías del tren, a unos diez minutos andando de la mía; era un viejo edificio de madera de dos plantas con tejado de teja junto a una tienda de fideos *soba*. Al lado de la entrada había una aralia grande en una maceta.

No sabíamos cómo debíamos vestirnos ni si necesitábamos llevar algo más.

—Ropa de calle está bien. Vosotras venid el sábado y ya está —nos había dicho.

Acababan de pasar los días festivos de principios de mayo. Algo nerviosas, cruzamos la puerta y entramos en la casa de la tía Takeda. Yo llevaba una blusa y una falda, y Michiko —que aún no conocía a la tía Takeda—, un traje.

Abrimos la puerta corredera y nos encontramos un vestíbulo tan inmaculado como el de un hostal tradicional. Había gotitas de agua brillando en el suelo y no se veía ni un solo par de zapatos por ahí tirado, como pasaba en mi casa.

—Hola.

Mi llamada obtuvo una respuesta («¡Ya voy!») desde algún lugar en las profundidades de la casa, seguida de un sonido de pasos apresurados. La cortina *noren* tintada se abrió y reveló una cara pálida y redonda que me era familiar.

Por un momento me quedé sin palabras. Nunca había visto a la tía Takeda en kimono. Era de un tono beis claro que casaba perfectamente con su aspecto pálido y le daba un porte pulcro y elegante.

—Bienvenidas —dijo—. Por favor, pasad.

Era la primera vez que entraba en casa de la tía Takeda. Los pilares de madera y el pasillo eran de un tono castaño como el de las galletas saladas de arroz bien tostadas. Después de subir el peldaño del recibidor, la tía Takeda nos llevó al interior de dos salas contiguas, cuyo suelo estaba cubierto con ocho de las alfombrillas tradicionales de mimbre tejido llamadas *tatami*.

—Esperad aquí un momento —nos dijo la tía Takeda.

Era un espacio vacío impresionante. Michiko y yo miramos lentamente a nuestro alrededor. Ahí era donde tendríamos nuestra lección semanal de Té a partir de ese momento. Al observar los techos altos, vimos la elaborada celosía en el montante entre esa sala y la adyacente. En el gran *tokonoma*, el hueco algo elevado que había en una de las paredes, colgaba un rollo. También había una caligrafía enmarcada que pendía de un riel.

Al otro lado del pasillo, tras la puerta de cristal, se veía un jardín. No era grande, pero lo salpicaban faroles de piedra y pequeñas rocas aquí y allá, y los caquis y ciruelos, con sus nuevas hojas verdes, estaban exuberantes. Los racimos cargados de flores de las glicinias se balanceaban con la brisa. Los densos arbustos de azaleas seguían rebosantes de flores rojas y rosas que los hacían parecer pompones de origami.

Había una tabla de surf blanca, que debía de ser del hijo de la tía Takeda, apoyada en la parte trasera del caqui del jardín, y en el pasillo estaba el piano de su hija.

Pero la habitación a la que nos había hecho pasar no mostraba rastro alguno del desorden habitual en el día a día de una casa. Estaba limpia y, en cierto sentido, se respiraba un ambiente tenso, pero también tenía una calidez que seguramente era fruto de los años de uso. Me recordaba a la propia tía Takeda: no era glamurosa, pero estaba bien cuidada; era acogedora, pero, de algún modo, también era firme.

Michiko y yo nos sentamos sobre las rodillas y adoptamos la postura formal, a la que no estábamos acostumbradas.

—Nori —susurró Michiko.

—¿Qué? —Por algún motivo, yo también bajé la voz.

—¿Qué dice ahí?

Michiko estaba mirando la caligrafía fluida escrita en un rollo del *tokonoma* y la que colgaba del riel de enfrente.

—No sé leerlo.

Al entrar en la habitación, la tía Takeda siguió la dirección de nuestra mirada y sonrió ampliamente.

—La enmarcada dice: «Cada día es un buen día» —nos dijo—. Y el rollo de hoy dice: «Las hojas de bambú crean una brisa refrescante». Es la estación de las hojas nuevas, así que es perfecta para vosotras, jovencitas, ¿no creéis?

Yo me imaginaba que una lección de Té empezaría con una charla sobre las reglas del Té o algo así, pero lo primero que hizo la tía Takeda fue darnos una caja plana de cartón, de unos dos centímetros de alto, a cada una. Cuando levanté la tapa, vi que contenía un cuadrado de tela de un color vívido parecido al bermellón de la almohadilla de tinta que se usaba para timbrar documentos con un sello personal.

—Esto es una *fukusa* —nos dijo.

Era del tamaño de un pañuelo de hombre, estaba hecha de seda y consistía en un trozo de tela doblado por la mitad para formar un cuadrado. Los tres lados que no tenían doblez estaban cosidos. La tela gruesa era suave, pero me pesaba en las manos.

—Empezamos llevándolo en la cintura —dijo la tía Takeda, y cogió con delicadeza una de las puntas y dobló la tela formando un triángulo antes de introducir la punta en su *obi*, la faja ancha que se lleva sobre el kimono.

Aún desconcertadas, Michiko y yo nos metimos las respectivas *fukusa* en la cintura de la falda. El triángulo de tela bermellón colgaba de mi cadera izquierda.

—Mirad.

Con la mano izquierda, la tía Takeda se sacó la *fukusa* del *obi* con rapidez, cogió una de las puntas con la mano derecha, luego llevó la izquierda abajo y cogió la opuesta para formar un triángulo invertido. Entonces dejó la tela ligeramente destensada antes de volver a tensarla tirando de las puntas.

¡Zas!, hizo la tela.

Nosotras también intentamos tirar de las puntas de la *fukusa*. Se oyeron unos chasquidos rítmicos.

—Eso se llama *chiriuchi*, quitar el polvo —nos explicó.

A continuación, la tía Takeda movió las puntas de los dedos y, con un movimiento fluido, dobló la *fukusa* verticalmente en tercios, como si fuera una mampara plegable. Luego la dobló por la mitad a lo largo y lo hizo otra vez, con lo que formó un pequeño cuadrado de tela que le cabía en la palma de la mano. Sus dedos se movían con soltura, como criaturas con vida propia. Nosotras la observamos y copiamos lo que hizo.

—Eso es *fukusa-sabaki*, doblar la *fukusa* —nos dijo.

—Entiendo… —respondí.

Natsume y matcha

La tía Takeda pasó detrás de una puerta corredera de papel y volvió con algo redondo y negro en la palma de la mano. Tenía forma de huevo con la parte de arriba plana y era brillante como una pepita de sandía. Era un pequeño recipiente lacado parecido a los platos con tapa que se usaban para hacer crema de huevo.

—Esto es un *natsume*, es el recipiente del té —nos explicó.

El *natsume* era liso como una bellota y la tapa encajaba ajustadamente en la parte superior. Cuando lo cogí, me sorprendió que fuera tan ligero. Levanté la tapa —que parecía extrañamente reticente a separarse del cuerpo y dejar que entrara el aire— y vi una montañita de polvo de color verde hierba en el interior. Era de un tono vibrante, casi sintético.

«¿Eso es té?»

Era la primera vez que veía el *matcha* en polvo. Cuando volví a colocar la tapa, noté de nuevo la sensación de resistencia y un siseo casi imperceptible provocado por el aire.

—La *fukusa* se usa para limpiar el *natsume* —nos dijo la tía Takeda. Y entonces, con la *fukusa* doblada en la mano derecha y levantando el *natsume* con la izquierda, dijo—: Limpiad siguiendo la curva de la tapa, el lado que os queda lejos y luego el que os queda cerca. Es como escribir el carácter *ko* en hiragana.

Usando el pliegue redondeado de la *fukusa*, dibujó suavemente el carácter en la tapa del *natsume*.

«¿Por qué *ko*, con el agujero en el centro?», me pregunté. «Sería mejor limpiar toda la superficie, ¿no?» No obstante, lo hice como me había dicho.

El primer tazón de té

—Muy bien. Como hoy es vuestro primer día, yo os prepararé el té.

La tía Takeda nos trajo una bandeja en la que había colocado dos platos pequeños, cada uno con un pastelito *manju* pequeño y blanco. Se adivinaba el dibujo de una flor morada a través de la fina capa externa del pastelito.

—Esto es un *manju* de lirio. Los servimos solo en mayo por las fiestas de esta época —nos explicó.

—Entiendo.

Yo era una fan incondicional de los dulces occidentales, como las tartas de hojaldre, los profiteroles o la tarta de chocolate, y, para mí, los dulces japoneses eran solo algo que les gustaba a las personas mayores.

—Adelante, comed —dijo la tía Takeda.

Yo estaba perpleja. ¿Dónde estaba el té? Me preocupaba que el pastelito *manju* se me quedara en la garganta si no tenía algo con lo que hacerlo bajar.

Michiko también estaba callada mirando su *manju* a mi lado.

—Venga, comed.

Ante su insistencia, cada una cogió su pastelito y se lo metió en la boca. La tía Takeda inició la preparación del té. Yo nunca lo había visto hacer tan de cerca.

Entró y salió con utensilios, abrió tapas, vertió agua caliente y levantó algo que parecía un batidor de bambú varias veces como si lo inspeccionara. Sus movimientos fluían, casi como una danza. Hubo un momento en el que parecía que limpiaba el tazón de té con un trapo blanco.

Yo no tenía ni idea de lo que estaba pasando, pero no lo veía difícil en absoluto.

Puso un poco del polvo de color verde vivo en el tazón, vertió agua caliente y empezó a batir: chas, chas, chas, chas…

«Sí, ¡eso es! ¡Eso es el Té!»

Sorber al beber

Finalmente, nos puso el té delante.

Cuando, al principio de mi adolescencia, visité el templo Ryoanji en un viaje a Kioto que hice con mi familia, nos sirvieron un tazón negro de té con una pequeña cantidad de líquido cubierto por una espuma densa y verde. Mis padres se lo bebieron con cara de disfrutarlo de verdad, pero cuando mi hermano pequeño y yo probamos un sorbo, arrugamos la cara por la amargura.

«¿Por qué les gustan las cosas tan amargas a los adultos?»

Si lo pienso ahora, todas las bebidas de adultos me parecían amargas cuando las probaba. Cuando probé el café y la cerveza por primera vez, me pasó lo mismo.

Desde ese día, no había vuelto a beber *matcha*.

En el fondo del tazón, el charquito de *matcha* de color de zumo de acelga estaba medio cubierto de espuma.

—Deberíais beberos el *matcha* en dos sorbos y medio —nos explicó la tía Takeda—. Al final, haced un suave sonido de sorber para aseguraros de que no queda nada.

—¿De verdad? ¿Tenemos que sorberlo?

—Eso es. Al final. También es una señal de que habéis acabado de beber.

Cuando era niña, hacía ese ruido cuando bebía zumo por una pajita, pero después de varias reprimendas en las que me habían dicho que comer sopa haciendo ruido se consideraba de lo más vulgar en Occidente, ya no podía evitar sonrojarme si oía a uno de mis tíos de una zona rural sorber todo un potaje en un banquete de boda de un hotel.

«Uf…»

Aún algo reticente, bebí dos tragos y, luego, reuniendo valor, me volqué en cuerpo y alma con el tercero. ¡Slup! Durante un momento sentí un escalofrío que me heló la sangre concentrado en la zona de las orejas, pero la vergüenza resultó ser solo momentánea una vez que lo hice. De hecho, la sensación era bastante agradable. Las reticencias que había sentido unos momentos antes se habían desvanecido en un instante.

Como esperaba, el té estaba amargo. No obstante, el regusto dulce del *manju* se había llevado el sabor amargo, como si lo hubiera arrastrado la marea.

Ese día, volviendo a casa, Michiko y yo nos reímos hablando de aquel pequeño choque cultural.

—¿Y no es raro lo de tener que chasquear la *fukusa*?

—Hacer ruido al beber también es raro, ¿no crees?

En la segunda lección nos encontraríamos con cosas aún más desconcertantes.

«No importa el porqué»

En la segunda lección pudimos tocar el batidor que hacía aquellos ruidos de fricción cuando se batía el té.

—Esto se llama *chasen* —nos dijo la tía Takeda.

Las varillas finas de bambú se rizaban hacia dentro por la punta. La tía Takeda puso el *chasen* en un tazón de té con una pequeña cantidad de agua caliente y repitió tres veces una serie de gestos extraños, describiendo un arco con el batidor y alzándolo lentamente casi hasta la punta de su nariz.

—Ahora probadlo vosotras.

Nosotras también describimos arcos y levantamos nuestro *chasen* del tazón. Era una sensación extraña, recordaba un poco a las ofrendas de incienso en los funerales.

—¿Qué estamos haciendo? —pregunté.

—¿Qué? Ah, estáis comprobando que no se haya roto ninguna varilla —dijo la tía Takeda.

—Pero ¿por qué lo rotamos así?

—No importa el porqué, es lo que hacemos.

Yo no lo entendí, pero me mordí la lengua.

La tía Takeda sacó un trapo de lino blanco.

—Esto es un *chakin* —dijo—. Mirad.

Giró el tazón una vez, dos veces, tres veces, para que el *chakin* bien doblado secara el borde. Después de repasar toda la circunferencia, metió el trocito de tela en el tazón e hizo algunos movimientos complejos con él.

—Al final, dibujáis el carácter *yu*: bajáis por la izquierda, vais subiendo y hacéis un círculo hacia la derecha. Luego, una línea de arriba abajo por el centro.

—¿Por qué?

—No importa el porqué. Y no me ayuda que no dejes de preguntar por qué constantemente. Lo único que tienes que saber es que se hace así. No necesitas entender el sentido.

Era una sensación extraña. En el colegio, mis maestros siempre me decían: «Qué buena pregunta. Si no entiendes algo, no tienes que aceptarlo sin comprenderlo. Pregunta siempre si no lo entiendes, pregunta tantas veces como lo necesites hasta que te quede claro». Por eso yo siempre había pensado que preguntar por qué era algo bueno.

Sin embargo, allí era algo de mala educación.

—No importa la razón. Lo hacemos así y ya está. Puede que os resulte difícil aceptarlo, pero en el Té las cosas funcionan así.

Oír esas palabras justo de la boca de la tía Takeda fue sorprendente.

Pero en situaciones como esa siempre parecía que la tía Takeda estuviera mirando algo querido y muy añorado.

—En el Té las cosas son así. No os hace falta saber por qué… de momento.

O-temae *y andar por el tatami*

Era nuestra tercera lección de Té. Por fin había llegado el día de aprender a hacer té nosotras solas.

—El proceso de preparar té se llama *o-temae* —nos dijo la tía Takeda—. La forma más básica es la preparación del té ligero.

Estábamos en una habitación pequeña, como una trascocina, al final del pasillo.

—Esto es la *mizuya*, una especie de cocina para la sala de té.

Había un grifo, un fregadero y una palangana, y también tazones de té y otros utensilios bien dispuestos en los estantes.

La tía Takeda cogió un bote de cerámica decorado con líneas verticales azules bien definidas, lo llenó de agua fría del grifo, secó las gotitas extraviadas con un trapo blanco como la nieve y le puso una tapa negra lacada.

—Primero, coge este *mizusashi* y siéntate a la entrada de la sala de té.

—*Hai* —le dije como respuesta a sus instrucciones.

La tía Takeda desapareció detrás de la puerta corredera de papel que nos separaba de la sala de té, dejando tras de sí el frufrú del dobladillo de su kimono.

Yo llevé el pesado *mizusashi* poco a poco y con cuidado hasta la puerta y me senté de rodillas.

—Recoge el *mizusashi* y entra. Pesa, pero mantenlo recto para no derramar el agua.

Para que el pesado objeto permaneciera recto, abrí los codos y lo agarré bien, separando mucho los dedos.

—Ah, no abras los codos. Mantén los dedos juntos. Sostenlo de forma que las yemas de los meñiques rocen el tatami cuando dejes el *mizusashi* en el suelo.

—*Hai, hai.*

—Con una vez es suficiente.

—*Hai.*

Metí los codos hacia el cuerpo y junté los dedos, asegurándome de que los meñiques tocaran el suelo. Luego, reprimiendo un gruñido de esfuerzo, tensé el cuerpo y empecé a levantarme. Sin embargo…

—En el Té decimos: «Trata los objetos pesados como si fueran ligeros y los ligeros como si fueran pesados».

«¿Qué? Pero ¿cómo se tratan «los objetos pesados como si fueran ligeros»?

Sea como fuere, haciendo lo posible para que no se me viera el esfuerzo en la cara, me levanté. Estaba a punto de entrar en la sala cuando la tía Takeda volvió a hablar.

—Espera. Entra siempre en la sala de té con el pie izquierdo. Y nunca pises el umbral ni los bordes de las esterillas de tatami. Ahora camina hasta la tetera.

«¡No puede ser! ¿Existen normas hasta para con qué pie hay que entrar?»

Con el pie izquierdo, di una gran zancada hasta el otro lado del umbral. Sin embargo...

—Deberías cruzar cada esterilla de tatami en exactamente seis pasos. El séptimo te lleva a la siguiente.

«¡A este paso, no me cabrán los seis!»

Acorté la zancada para meter lo que me quedaba de los seis pasos y crucé la esterilla de puntillas.

Michiko estaba sentada al lado de la tía Takeda, incapaz de emitir palabra alguna, sacudiendo los hombros y con la cara roja como un tomate. Secándose las lágrimas de los ojos, soltó una risita.

—¡Pareces un ladrón o algo así!

Sentí cómo me sonrojaba por la vergüenza de que a los veinte años me estuvieran enseñando a andar como a un bebé y me trataran como una completa incompetente.

Forma y espíritu

Había oído decir que el protocolo del Té podía ser bastante complejo. Sin embargo, la atención meticulosa a los detalles minúsculos iba mucho más allá de lo que había imaginado.

Por ejemplo, el simple hecho de usar el *hishaku* —el cucharón de bambú— para coger una cucharada de agua caliente de la tetera de hierro fundido y verterla en el tazón de té provocó un torrente de correcciones.

—Ah, acabas de recoger el agua de la superficie, ¿verdad? El agua caliente se tiene que coger de las profundidades de la tetera. En el Té, decimos: «Fría, del medio; caliente, del fondo»; saca el agua fría del medio del *mizusashi* y el agua caliente del fondo de la tetera.

«Pero ¿cómo va a importar si viene de arriba o de abajo? Todo viene de la misma tetera.»

A pesar de mis dudas, hice lo que me mandaban, metiendo el cucharón hasta el fondo de la tetera con un audible plaf. Sin embargo…

—No debería hacer ningún ruido, no dejes que el cucharón haga plop.

—*Hai.*

Cuando iba a verter el cucharón lleno de agua en el tazón…

—Ah, vierte desde delante del tazón, no desde el lateral.

Obediente, lo hice desde delante del tazón. El cucharón se quedó goteando y yo le di unos golpecitos para que las últimas gotas cayeran más deprisa.

—Ah, no debes hacer eso. Mantenlo quieto hasta que hayan caído las últimas gotas.

«Haz esto, no hagas aquello…» Que me reprendieran por cada pequeño detalle empezaba a ponerme nerviosa. Estaba atada de pies y manos por las reglas. En ningún momento podía moverme con libertad.

¿Lo estaba haciendo por fastidiarme la tía Takeda? Me sentía como la ayudante de un mago, acurrucada en una cajita, hostigada por las espadas que entraban por todos lados.

—En el Té, la forma es lo primero. Se moldea la forma en primer lugar para tener un recipiente que contenga el espíritu, que viene después.

«¡Pero crear una forma vacía sin espíritu no es nada! ¿No es eso obligar a la gente a encajar en un molde? ¿Cómo va a haber siquiera un atisbo de creatividad en, simplemente, repetir unos movimientos de principio a fin sin entender su significado?»

El molde de las malas y viejas tradiciones japonesas me agobiaba y estaba a punto de explotar de indignación.

Chas, chas

Me sentí algo aliviada cuando, por fin, llegó el momento de batir el té con el *chasen*.

«Por lo menos tendré algo de libertad para batir el té, ¿no?»

Agité el batidor de bambú con furia hacia delante y hacia atrás con movimientos cortos.

—Ah, no hagas demasiadas burbujas.

—¿Qué?

Aquello no me lo esperaba. Al fin y al cabo, el *matcha* tiene que tener una capa de espuma cremosa como un capuchino, ¿no?

—Algunas escuelas de Té lo preparan con una espuma densa de burbujas pequeñas, pero en la nuestra no creamos demasiada espuma. Decimos que hay que removerlo para que las burbujas se vayan deshaciendo y revelen la superficie del té formando una luna creciente.

—¿Una luna creciente?

Pero ¿cómo iba a crear una luna creciente en la superficie cubierta de espuma con aquel batidor tan ancho? Parecía algo que un famoso espadachín haría en una vieja novela de aventuras para demostrar su habilidad.

El proceso que la tía Takeda había realizado en menos de quince minutos a mí me había llevado más de una hora. De hecho, me pareció el doble.

Estaba sentada en el suelo de la *mizuya*, con las piernas estiradas, doblando los dedos, que tenía absolutamente entumecidos. Mientras me estremecía por el agudo cosquilleo que acompañaba a la recuperación de la sensación en los pies, oí que la tía Takeda decía:

—Esto es todo práctica. Pronto podréis estar felizmente sentadas de rodillas durante horas.

«¿Horas? ¡No puede ser!»

Volvió a hablar:

—Noriko, ¿por qué no vuelves a repetir el proceso para ver de cuánto te acuerdas? ¿Qué te parece?

No me salían las palabras.

Aún sentía las agujas pinchándome los pies, pero las palabras «para ver de cuánto te acuerdas» despertaron mi vena competitiva. En lo académico sacaba buenas notas. Se suponía que tenía bastante buena memoria. Aunque era de reflejos lentos, la gente solía decirme que era habilidosa.

«El Té es solo una afición rancia para amas de casa, ¿no? Es pan comido. ¡Voy a enseñarle a la tía Takeda que puedo hacerlo y se quedará tan impresionada que tendrá que admitir que tengo talento para esto!»

Sin duda, eso fue parte de lo que me llevó a decir:

—Sí, lo volveré a intentar.

Sin embargo, no podía caminar correctamente. No sabía dónde sentarme. No sabía qué mano usar, qué sujetar, cómo hacerlo… Ni mis manos ni mis pies querían cooperar.

No hice ni una sola cosa bien. No había retenido nada,

aunque lo había hecho solo una hora antes. Parecía que cada movimiento se burlaba de mí y me decía: «¿Ves? No puedes hacer esto, ni siquiera puedes hacer aquello…». Lo único que hice fue seguir órdenes de principio a fin, como una marioneta.

¡Y lo había menospreciado por ser «una afición rancia para amas de casa»! Pues sí que tenía talento, sí…

Lo que debía ser pan comido resultó estar fuera de mi alcance. Ni mis notas de clase, ni ningún conocimiento, ni el sentido común que había aprendido hasta la fecha me sirvieron para nada.

—Es imposible que alguien pueda recordarlo todo la primera vez.

La solemne figura vestida con un kimono de la tía Takeda, sonriendo mientras me consolaba, parecía estar por delante de mí a una distancia inalcanzable.

«Me pregunto si llegará el día en que mi *o-temae* fluya como el suyo.»

Desde ese momento, la tía Takeda se convirtió en la *sensei* Takeda, mi querida maestra.

Y se me cayó una de las vendas de los ojos.

«No hay que menospreciar las cosas, hay que empezar de cero cuando vas a aprender…»

Aprender significa abrirse ante otra persona, aceptar que no sabes nada. Con mi suposición desdeñosa de que me resultaría fácil, había puesto trabas a mis propios esfuerzos. Qué engreída había sido.

El orgullo inútil es un peso innecesario. Hay que dejarlo de lado y vaciarse. Si no, no hay espacio para que entre nada. «Tendré que volver a empezar con una actitud nueva.»

Lo sentí con todo mi corazón: «No sé nada…».

CAPÍTULO 2

—

NO PIENSES CON LA CABEZA

«La práctica hace al maestro»

Empezamos a practicar el *o-temae* entero una y otra vez.

—Haz una reverencia… Y respira. Primero, mueve el *kensui* para que te quede a la altura de las rodillas.

—¿El *kensui*? —repetí mirando a mi alrededor con impotencia. El nombre no parecía casar con ninguno de los utensilios.

—A tu izquierda.

El *kensui* resultó ser el cuenco del agua sucia.

—Ponte el tazón de té delante. Ahora pon el *natsume* entre el tazón y tus rodillas.

Deprisa, cogí el *natsume* de mi lado.

—Ah, así no. El *natsume* se tiene que sostener así. —La *sensei* Takeda puso delicadamente una mano algo girada en el borde superior del *natsume* y dijo—: Cubre con la palma la mitad de la tapa. Se llama *cubrir la media luna*… Así. Y ahora, *fukusa-sabaki*.

Le quité el polvo a la *fukusa* con un ¡zas! de la tela y la doblé como ella me había enseñado.

—Ahora limpia la tapa del *natsume* como si escribieras *ko*.

A las órdenes de la *sensei*, movía utensilios de izquierda a derecha, limpiaba con la *fukusa*, abría y cerraba tapas… Respondía a sus órdenes sin tener la más mínima idea de lo que hacía.

La tercera vez no fue diferente, ni la quinta, ni siquiera la décima. Oía exactamente las mismas palabras en cada lección mientras movía utensilios de izquierda a derecha, limpiaba con la *fukusa* y abría y cerraba tapas.

—Ah, vuelves a sostener mal el *natsume*. Cubre la media luna. —Y—: No te olvides de que lo recoges con la izquierda y te lo pasas a la derecha.

En cada lección, la *sensei* me señalaba decenas de cosas que hacía mal.

Después de las lecciones, Michiko y yo parábamos en una cafetería de camino a casa y dábamos rienda suelta a nuestra frustración.

—¡No tengo ni idea de lo que hago!

—Ni yo. Me siento como si todas las lecciones fueran la primera. No soy capaz de recordar nada del proceso.

—¿Verdad? Por muchas veces que lo haga, es exactamente igual que cuando empezamos.

Cada semana, la *sensei* Takeda repetía las mismas palabras: «La práctica lo es todo. Tenéis que repetirlo una y otra vez, tantas veces como sea posible. Al fin y al cabo, dicen que la práctica hace al maestro».

—Muy bien, haz una reverencia justo ahí. Respira. Ahora, mueve el *kensui* hacia delante. Luego, el tazón de té. Ahora, el *natsume*... Eso es. Y luego, *fukusa-sabaki*.

Yo repetí el proceso quince y veinte veces. Ya no miraba a mi alrededor sin entender nada cuando oía las palabras *kensui*, *chasen* y *chashaku* (la cucharilla de bambú para el té), pero seguía sin tener ni idea de lo que hacía. Doblaba la *fukusa* y me quedaba petrificada.

—Y ahora ¿qué vas a hacer con la *fukusa*?

«Buena pregunta.»

—Limpiar el *natsume*.

O cogía el cucharón de bambú y me volvía a parar en seco.

—¿Qué vas a hacer ahora que tienes el *hishaku* en la mano?

«Ni idea.»

—No puedes coger una cucharada de agua caliente a no ser que quites la tapa de la tetera, ¿no?

No podía hacer ni un solo movimiento sin que la *sensei* me dijera lo que tenía que hacer. Me parecía que, si las cosas seguían así, todas las lecciones iban a ser exactamente iguales que la primera para siempre. Intenté memorizar los pasos por orden, contándolos con los dedos.

—Eeeh... El *kensui*, después el tazón de té y después... Eeeh... La *fukusa*...

Pero la *sensei* me detuvo.

—¡No! ¡No debes memorizarlo! No es bueno intentar recordarlo con la cabeza. Debes practicar tantas veces como puedas hasta que las manos se te empiecen a mover por sí solas.

Pero ¿qué me estaba contando? Era absurdo que me corrigiera tantos detalles y luego me dijera que no los memorizara. ¿Cómo si no iba a aprender unos movimientos tan complicados y enrevesados?

La *sensei* Takeda hacía otra cosa que nos exasperaba. Cada vez que íbamos a una lección, nos esperaba en la *mizuya* un utensilio diferente que no habíamos visto nunca.

—Cuando limpiéis este recipiente, no dibujéis el carácter *ko*, escribid el carácter *ni*; dos líneas horizontales paralelas. —O—: La tapa de este *mizusashi* está dividida en dos justo por la mitad.

Siempre nos tenía que corregir por algo.

Empezaron a aparecer estanterías portátiles para exponer utensilios llamadas *tana*: redondas, cuadradas, con un cajón... Cada tipo se tenía que tratar de forma diferente.

Aunque aún no habíamos captado el procedimiento básico, cada vez teníamos que adaptar el *o-temae* a las diferentes herramientas. Siempre que veíamos un utensilio nuevo se nos escapaba un suspiro: «¿Otra vez?». Era imposible que nos acordáramos de todo. Un día intenté apuntarme algo, pero, en cuanto lo hice, sonó la voz de la *sensei* Takeda:

—¡No! No debes tomar notas durante la lección.

Yo me quedé perpleja. ¿Por qué me regañaba en lugar de elogiarme por mi diligencia? Aquello era totalmente diferente a ir a clase.

—Oye, Michiko, ¿no crees, aunque nos llevara tres o cuatro años, que sería mejor que nos dejara practicar con los mismos utensilios hasta que hubiéramos memorizado el *o-temae* del todo?

—Pues sí. Me pregunto por qué la *sensei* lo cambia cada semana.

—Si yo enseñara Té, dejaría que mis estudiantes usaran

los mismos objetos hasta que hubieran perfeccionado lo básico, sin duda.

Repetí el proceso veinte veces y, luego, veinticinco.

Todo seguía pareciéndome turbio como el barro tres meses después, cuando llegó agosto y estuvimos cuatro semanas sin ir a Té. Durante las vacaciones de verano no toqué la *fukusa* ni una vez. Michiko se fue al extranjero en un viaje de la universidad y aún no había regresado cuando llegó septiembre y volvieron a empezar nuestras lecciones semanales.

«Uf, seguramente tendré que empezar desde cero...»

Aún hacía calor y el paseo hasta la casa de la *sensei* me dejó empapada en sudor.

La casa no tenía aire acondicionado. Todas las puertas estaban abiertas para que las habitaciones se ventilaran. Oía coches y bicicletas pasando y voces de gente que se paraba a hablar por la calle. El jardín resonaba con el chirrido de las cigarras.

Me senté de rodillas delante de la tetera por primera vez desde hacía un mes.

—Haz una reverencia. Y respira. Ahora mueve el *kensui*. Coloca el tazón de té hacia delante y ahora el *natsume*.

Escuchando las mismas órdenes que hacía semanas, moví las manos en silencio. El sudor me caía por la espalda. Sentí un cosquilleo en los pies y, poco a poco, se me fueron entumeciendo.

Pasó algo raro cuando estaba llegando al final del *o-temae*.

—Ahora retira el *kensui*...

Aparté el *kensui* lleno de agua sucia como se me había ordenado. Entonces, la mano con la que lo había hecho viajó automáticamente hasta mi cadera y sacó la *fukusa*.

«¡Oh!»

La mano se me movía sola, antes de que yo pudiera pensar en lo que venía a continuación. El *hishaku* describió un arco desde el *mizusashi* hasta la tetera como si viajara por unas vías invisibles. Después de volver a tapar la tetera, miré de modo automático el *mizusashi*, que seguía abierto. Mi mano se extendió por instinto hacia la tapa, apoyada en él.

La *sensei* asintió.

Fue muy repentino. Las manos se me movían instintivamente, sin que mediara ningún pensamiento. Era como si algo me controlara, pero, de algún modo, me gustaba…

«¿Qué puede ser esta sensación extraña?»

La semana siguiente, en la *mizuya*, Michiko, que acababa de volver de su viaje al extranjero, me acercó la cara ligeramente morena y me susurró:

—¿No habrás practicado tú sola durante las vacaciones, eh, Nori?

—No, para nada.

—¿En serio? Creo que yo ya no sé ni doblar la *fukusa*.

Con un aire inseguro, cogió el *mizusashi* y se dirigió a la sala de té. Cuando empezó el *o-temae*, fui yo la que se quedó atónita. Tan pronto como tuvo preparado el *hishaku*, cogió la *fukusa* y la usó para levantar la tapa de la tetera, como si su mano supiera lo que hacía. Vi cómo servía agua caliente en el tazón con el *hishaku* y se disponía a coger el *chasen*.

—¡Bien!

Repetir gestos individuales y pequeños con precisión es como dibujar puntitos. Cuando estos puntitos se multiplican, se van convirtiendo en líneas. Y algunas de estas líneas por fin empezaban a tomar forma en nuestro *o-temae.*

«Confía en tus manos»

Sin embargo, parecía que seguíamos sin poder conectarlo todo con una sola línea regular. El flujo a menudo se rompía en mitad del *o-temae* y se nos escapaba una suave exclamación si una incertidumbre repentina nos atravesaba. Cuando me asaltaba la duda durante un momento, empezaba a pensar de inmediato: «Eeeh... Esto, luego lo otro...».

Pero, negando con la cabeza, la *sensei* Takeda me decía:

—No, deja de pensar. Empiezas a hacerlo demasiado pronto. No tienes que pensar con la cabeza. Tus manos saben lo que hay que hacer, intenta escucharlas.

«¿Que escuche a mis manos?»

Sin embargo, hubo un día en el que fui capaz de completar el *o-temae* sin contratiempos. Sigo sin entender cómo lo hice, pero llegué al final con tanta naturalidad y tan poco esfuerzo que casi me resultó decepcionante.

La *sensei* Takeda dibujó una amplia sonrisa.

—¿Ves? No tienes que pensar con la cabeza. Confía en tus manos.

CAPÍTULO 3
—

CENTRA TUS SENTIMIENTOS EN EL AHORA

Un cambio inesperado

Cuando nuestro *o-temae* empezaba a convertirse en una sola línea continua, llegó el día en el que, inesperadamente, tuvimos que volver a cambiarlo.

Era noviembre, seis meses después de que empezáramos a estudiar Té. Al entrar en la sala de té como hacíamos para cada lección, nos paramos en seco. La sala estaba diferente.

Había lo que solo puedo describir como un agujero en el suelo. Habían cortado un cuadrado de tatami del tamaño de un tablero de ajedrez y un marco negro cubría los bordes adaptándose bien al hueco. Era una versión mucho más pequeña de los braseros a ras de suelo que se veían en los viejos caseríos. Salía vapor blanco de la tetera que había allí metida hasta su parte superior.

Michiko y yo seguíamos mirando fijamente el espacio vacío que había aparecido de pronto en el suelo cuando oímos que la *sensei* Takeda decía:

—¡Muy bien! Desde hoy, estamos en la temporada del *ro*.

Ese hueco cuadrado se llamaba *ro*. Era un espacio vacío bajo el suelo de la sala de té y había estado allí todo aquel tiempo. En verano se esconde bajo una esterilla de tatami normal, pero a principios de noviembre, cuando llega el *ritto* —el inicio del invierno según el calendario tradicional japonés—, la esterilla se reemplaza por otra a la que le falta un cuadrado para revelar el *ro* que hay debajo.

—La apertura del *ro* se llama *robiraki*. A menudo se considera el Año Nuevo de los *chajin*. —La *sensei* estaba animada. La atmósfera de la sala era más intensa que nunca.

«¿Año Nuevo? ¡Pero si aún estamos en noviembre!»

En la *mizuya*, los utensilios que había preparados para nosotras también parecían algo diferentes. El tazón de té era más hondo, con las paredes más gruesas y una boca más pequeña.

—Para mantener el agua caliente en lo más crudo del invierno más frío, usamos un tazón de té más hondo y con una boca más pequeña llamado *tsutsu-jawan*.

Recordé que, cuando estábamos en pleno verano, habíamos usado un tazón poco profundo y con una boca muy grande llamado *hira-jawan*, que tenía la forma de una pantalla de lámpara pasada de moda.

—Bueno, vamos a empezar con el *o-temae*.

—Sí, *sensei* —dijimos al unísono haciendo una reverencia.

Caminé por el tatami como solía hacer y me senté de rodillas en el lugar en el que habitualmente me sentaba. Levanté el *hishaku* ligeramente de su base sobre el *kensui* y saqué el *futaoki* de bambú del cuenco de agua sucia, que estaba vacío. (Un *futaoki* es un soporte de unos cinco centímetros de alto en el que se apoya la tapa de la tetera o el *hishaku* durante el proceso.) Justo cuando iba a poner el *futaoki* donde siempre iba, la *sensei* Takeda exclamó:

—¡Para! Ahora vuélvete hacia el *ro*, justo como estás.

—¿Perdone?

—No sueltes el *futaoki* y gírate hacia mí para quedarte mirando en esta dirección —dijo ella señalando una arista del *ro*.

Yo me volví como me había mandado y terminé sentada en diagonal sobre la esterilla de tatami. Había algo incómodo y desconcertante en aquel ángulo de cuarenta y cinco grados con el que no miraba de modo directo hacia delante ni tampoco hacia un lado.

—Estamos en temporada de *ro*, así que tienes que hacer el *o-temae* sentada en este ángulo.

Y eso solo fue el principio.

—Es *ro*, por lo que debes poner el *futaoki* aquí. Ah, es *ro*, así que tienes que alinear el recipiente del té y el *chasen* aquí.

La disposición de los utensilios había cambiado por completo. Las cosas no estaban donde tenían que estar. No paraba de mirar a mi alrededor. Todo se había transformado y yo estaba hecha un lío.

—*Sensei*, en el *o-temae* que hacía antes… —empecé a decir.

La *sensei* Takeda me interrumpió:

—Eso-era-el-Té-de-verano. Este-es-el-Té-de-invierno —dijo enfatizando cada palabra con un golpe tajante del lado de una mano contra la palma de la otra.

—¿Quiere decir que el *o-temae* de verano y el de invierno son diferentes?

—Sí.

—De modo que el *o-temae* que hemos aprendido hasta ahora…

—Ya no importa. Olvida el *o-temae* de verano.

Sus palabras me dejaron estupefacta.

No podía creerme que nos hubiera corregido cada pequeño detalle y hubiéramos repetido el proceso decenas de veces para que, después, diera un giro rotundo y nos dijera que nos olvidáramos de todo justo cuando empezábamos a cogerle el tranquillo. Todo en lo que habíamos trabajado se había hecho añicos. Todo nuestro esfuerzo había sido en vano. Tenía la cabeza hecha un lío.

«¿Por qué no nos deja hacer el mismo *o-temae* todo el año?»

—Tenéis que superarlo y pasar página. Cuando es temporada de *ro*, hay que centrarse en el *o-temae* del *ro*.

A pesar de mis dudas y confusión, iba a hacer el Té de invierno, lo quisiera o no.

Té de invierno

Así que volví a empezar de cero. Siguiendo las órdenes de la *sensei*, movía utensilios de izquierda a derecha, cogía cucharadas de agua caliente y ponía y quitaba tapas.

—Pon el *hishaku* mirando hacia abajo y bájalo hasta la boca de la tetera… No, no lo dejes reposando en el borde, la parte cóncava del cucharón va dentro de la boca. Madre mía, ¿está un tercio del mango del *hishaku* alineado con el marco del brasero? ¿Qué buscas? El *chakin* está ahí.

El torrente de correcciones y procedimientos, todos diferentes de los del Té de verano, parecía infinito. Me estaba costando seguir el ritmo. Todo lo que había aprendido aquel año se me borró de la memoria. Era la única manera de poder hacer lo que tenía que hacer en ese momento.

Simplemente, repetí el proceso, tal como se me indicaba, cinco, diez, quince veces.

Cuando Michiko y yo volvíamos andando a casa, una al lado de la otra, dentro de nuestros abrigos y guantes, las palabras salían en nubes blancas de vaho.

—Hoy he cometido muchos errores otra vez.

—Yo también. No me aclaraba.

Al sucederme esto, empecé a pensar en saltarme el Té cuando llegaba el sábado, pero, a pesar de mis reticencias, iba cada semana y me encontraba utensilios nuevos esperándonos en la *mizuya*, calentada por una estufa de keroseno.

—Esto es un *hira-natsume*. Es ancho y plano, de modo que, para limpiarlo, se coloca en la palma de la mano así. El *tsutsu-jawan* se limpia así. Con este tipo de *tana*, lo primero que haces después de sentarte de rodillas es sacar los palillos de metal para el carbón.

«¡Otra vez no!»

Iba apareciendo una sucesión interminable de utensilios y *tana* que nunca habíamos visto. Eran complicados de usar, por lo que me equivocaba, y, como estaba decidida a no cometer errores, me entregaba por completo en el *o-te-mae*. De forma espontánea, empecé a experimentar unos cuantos segundos de vacío en los que no tenía ningún pensamiento. Cuando pasaba eso, me sentía fugaz y agradablemente desconectada de todo. Esos días volvía a casa con las energías renovadas y olvidaba por completo mi abatimiento anterior.

La incomodidad que había sentido al principio por tener que sentarme algo de lado se había esfumado. Ya no buscaba como una loca a mi alrededor cosas que tenían que haber estado ahí pero no estaban, no extendía la mano para coger algo y terminaba retirándola cuando me acordaba de dónde estaba en realidad el objeto que quería. Una vez que había asimilado el protocolo de invierno, todo me parecía normal.

Tras acabar los *o-temae*, la ráfaga de aire frío que entraba del pasillo cuando abría la puerta corredera de papel me hacía estremecer. Por primera vez, me di cuenta de lo mucho que puede llegar a aislar una puerta de papel.

Té de verano

Había pasado un año entero desde que Michiko y yo empezamos a estudiar Té. Ya estábamos en cuarto de carrera. Las flores de cerezo se esparcían y nacían hojas nuevas en los árboles, brillando con un verde casi luminoso. Durante las vacaciones de la Semana Dorada, me fui de viaje con mis compañeros de la clase del trabajo final y Michiko regresó a casa para ver a sus padres.

Cuando nos presentamos para nuestra primera lección de Té después de aquellos días de vacaciones, el *ro* había desaparecido. A principios de mayo —en la estación llamada *rikka*, que marca el principio del verano en el calendario tradicional— se cierra el *ro* y se cambia la esterilla del tatami.

—Bueno, pues hoy se inicia el Té de verano, así que volvemos al *furo*.

En una esquina de la sala, la tetera reposaba sobre un brasero, el *furo*. Con el brillo de las brasas oculto a la vista, el calor del fuego parecía muy lejano.

El fuego nos quedaba ahora más lejos, pero teníamos el agua fría más cerca. Sobre el tatami había un *mizusashi* imponente de color amarillo girasol y con una boca muy ancha.

—Venga, empecemos.

—Sí, *sensei* —contestamos con una reverencia.

Quité el *futaoki* del *kensui* como solía hacer, me volví cuarenta y cinco grados y me quedé de piedra. Claro, ya no había *ro*.

—¿Hacia dónde tienes que mirar? Te has olvidado, ¿no? —dijo la *sensei* con una risita.

Yo tenía la mente en blanco. No era capaz de recordar lo que había hecho solo seis meses antes.

—Siéntate mirando hacia delante. Pones el *futaoki* en ese huequecito al lado del caldero, ¿te acuerdas? Coloca el *hishaku* encima y luego haz una reverencia. Bien, ahora respira… Y mueve el *kensui* hacia delante.

Me movía con incomodidad, como un robot, respondiendo a todas y cada una de las órdenes. Me sentía como si lo estuviera haciendo todo por primera vez. Volvíamos a la casilla de salida. De nuevo me hallaba confundida por una combinación de desánimo, porque no se me había quedado nada de lo que había aprendido hacía medio año, y de reticencias a abandonar el proceso *ro* ahora que ya me había familiarizado con él.

«Pero ¿por qué no nos deja hacer lo mismo siempre?»

Me recordaba a la leyenda budista del *Sai no Kawara*, en la que los niños muertos están condenados a la tarea sisífica de construir torrecitas de piedras que serán destruidas una y otra vez.

Quizá notando mi consternación, la *sensei* Takeda dijo:

—En la temporada del *furo* haz el proceso del *furo*. Olvídate del del *ro*.

Nunca nos dejaba quedarnos quietas. No estaba permitido aferrarse al pasado.

—Venga, tienes que seguir adelante. Preocúpate por lo que tienes ante ti. Debes centrar tus sentimientos en el ahora.

CAPÍTULO 4

—

OBSERVA Y SIENTE

Anfitrión e invitado

Michiko y yo siempre nos turnábamos los papeles de anfitriona e invitada. La anfitriona preparaba el té y la invitada se lo bebía. Cuando yo hacía de anfitriona, tensaba hasta el último músculo para evitar cometer errores en el *o-temae*, pero tan pronto como me convertía en invitada, una oleada de alivio se llevaba toda esa sensación de tensión.

Mientras comía mi dulce y esperaba ausente a que el té estuviera listo, la *sensei* Takeda me reprendió con suavidad.

—Venga, presta atención al *o-temae* de tu anfitriona.

Michiko tenía todos los sentidos puestos en purificar el batidor del té en el proceso llamado *chasen-toshi*, rotando y levantando el batidor de bambú para comprobar que ninguna de las varillas estuviera rota. Tenía los dedos de la mano derecha perfectamente alineados, formando una línea recta que iba hasta el codo que tenía levantado.

Mientras cogía el tazón de té de manera que quedara nivelado, le pasó el *chakin* blanco por los bordes para limpiar ambos lados doblando las finas muñecas con habilidad, y le dio tres generosas vueltas. Aunque estaba siguiendo el mismo proceso que yo, curiosamente su carácter vivaz se evidenciaba en cada uno de sus movimientos.

—¿Ves? —me dijo la *sensei*—. Al observar el *o-temae* de otra persona sientes muchas cosas diferentes. A veces te sorprenderá la elegancia de un movimiento concreto. Observar y sentir es una parte importante del aprendizaje del Té.

Ahora que lo pensaba, nunca habíamos visto el *o-temae* de la *sensei* Takeda.

Nos había preparado el té el primer día, pero entonces no sabíamos nada del Té, así que no teníamos ni idea de qué estaba haciendo. Me acordaba de haberlo observado como si fuera una sola secuencia de movimientos, como una danza.

Cuando aprendíamos una técnica concreta como *fukusa-sabaki* o *chasen-toshi*, la *sensei* nos explicaba pacientemente cada movimiento. Sin embargo, después de eso, solo nos enseñaba con palabras.

Hasta enero no volvimos a ver el *o-temae* de la *sensei* Takeda. Fue cuando todas sus estudiantes se encontraron para la *hatsugama*.

Hatsugama

La *hatsugama* es la primera lección de Té del año nuevo, pero en ella no se practica el *o-temae* como en una lección normal. En lugar de eso, las estudiantes presentan sus respetos para el año nuevo a su maestra, que prepara una comida de exquisiteces *o-sechi*, una tradición de principios de año, antes de llevar a cabo el *o-temae* para sus estudiantes reunidas. Esta ceremonia marca el inicio de las lecciones de Té después de las vacaciones de fin de año.

Un poco antes del mediodía, Michiko y yo fuimos juntas a casa de la *sensei* en kimono por primera vez. Cuando abrimos la puerta de entrada y gritamos «¡Hola!» como siempre, nadie, excepto un profundo silencio, nos respondió desde el interior de la casa. Alineados en el suelo rociado con agua, había varios pares de *zori*, las sandalias con una tira entre el dedo gordo y el segundo que se llevan con el kimono.

Las cinco amas de casa a las que la *sensei* Takeda enseñaba los miércoles ya estaban allí. Oímos un murmullo de voces y, entonces, una mujer con un kimono verdeceledón atado con un *obi* castaño claro se asomó e hizo una leve reverencia. Nosotras nos pusimos algo tensas sin querer al encontrarnos con aquel ambiente de formalidad adulta que nos era poco familiar.

La sala de té, preparada para la *hatsugama*, estaba fresca y radiante como una sábana blanca almidonada. Del pilar del *tokonoma* colgaba un jarrón de bambú en el que se habían dispuesto dos capullos de camelia, uno rojo y uno blanco. También había largas ramas de sauce que caían en cascada y se extendían casi hasta el suelo. En el rollo, pude descifrar los caracteres de *danza de la grulla* y *mil años*. Había tres pequeños fardos dorados de paja de arroz amontonados sobre un pie de madera sin barnizar en el centro del *tokonoma*.

«Así que esto es el verdadero Año Nuevo japonés.»

Eché un vistazo hacia donde normalmente yo llevaba a cabo el *o-temae* y quedé cautivada por los utensilios para el té que había allí dispuestos. Había una *tana* de dos patas grande y elegante. El lacado dorado y negro del *robuchi* que enmarcaba el brasero y el *natsume* negro como el carbón relucían lustrosamente con aquella luz blanca y pura del invierno.

«¡Los utensilios lacados en negro tienen un aire muy sofisticado!»

El *mizusashi* blanco como la leche tenía pintada una grulla de color turquesa.

Unas piñas diminutas adornaban la parte superior de los palillos de metal para el carbón.

Yo siempre había pensado que la tradición era rancia y aburrida, pero me equivocaba. Las tradiciones reales eran modernas e innovadoras. En ese momento, vi a Japón como un país exótico, como si lo viera a través de los ojos de los franceses que tanto habían admirado el japonismo un siglo antes.

La *sensei* Takeda, que parecía cómoda con su kimono beis con un blasón estampado en la falda, puso ambas manos en el tatami y dijo:

—Feliz año nuevo a todas. Espero poder volver a ser vuestra maestra este año. Por favor, seguid con diligencia los estudios.

Nosotras dejamos los abanicos delante de las rodillas y respondimos al unísono:

—Feliz año nuevo, *sensei*. —Y levantamos la cabeza todas a la vez.

Una vez que hubimos completado el saludo formal, la *sensei* anunció:

—Ahora llevaré a cabo el *o-temae*. Aseguraos de que prestáis atención, porque hasta yo me equivoco. Normalmente os corrijo durante vuestro *o-temae*, pero tengo que confesar que es todo charlatanería. A mí no se me da muy bien.

Las risas se extendieron por la sala y enseguida se relajó el ambiente. Después de eso, la *sensei* desapareció hacia la *mizuya*.

La reverencia de la sensei

Las siete estudiantes esperamos el regreso de la *sensei* Takeda en silencio.

En la *hatsugama*, la *sensei* siempre llevaba a cabo el *koicha-temae*, la preparación del té espeso. Si el *usucha* —el té ligero— es el equivalente *matcha* del capuchino, el *koicha* se podría comparar con un café solo. Cambia el tipo de *matcha* que se usa y el *o-temae* es más complejo. En el caso del *usucha*, se prepara un tazón para cada invitado, mientras que, en el del *koicha*, hay que hacer suficiente té para varios invitados y mezclarlo con el *chasen* en un solo tazón, que luego se pasa de unos a otros para que todo el mundo beba algunos tragos.

La puerta corredera de papel se abrió.

Sentada de rodillas en el umbral, la *sensei* puso las manos juntas delante de las rodillas, miró fijamente a sus alumnas reunidas allí y, a continuación, inclinó la cabeza con elegancia. Justo cuando parecía que se había detenido un momento, volvió a levantar la cabeza.

Fue así de simple, pero me llegó hasta el corazón.

Me había parecido un ave agazapándose con las plumas apelmazadas durante un segundo antes de ahuecarlas. La *sensei* acababa de mostrarnos el respeto que nos tenía. Con modestia y humildad, pero sin ni una pizca de servilismo. Una reverencia no era solamente el hecho de bajar la cabeza. El simple gesto de hacer una reverencia contenía… un mundo de significados. La forma era el espíritu. O, mejor dicho, el espíritu había tomado forma.

«Vaya, eso es lo que quería decir…»

Antes de aquel momento, había visto a la *sensei* Takeda hacer innumerables reverencias, pero solo entonces entendí la afirmación de mi madre de que sus reverencias eran diferentes de las del resto de las personas.

El koicha-temae *de la* sensei

Con dos tazones de té apilados en las manos, uno recubierto en oro por la parte interior y el otro en plata, la *sensei* se puso de pie, derecha y estirada, y empezó a caminar. Deslizó los pies con delicadeza por las esterillas de tatami, sin separarlos nunca de la superficie. Al observar sus calcetines *tabi* en los que el dedo gordo estaba separado del resto, me vino a la cabeza el andar de los actores de *no* cuando caminan por el escenario.

Con todas las miradas puestas en ella en completo silencio, la *sensei* respiró lentamente una vez antes de empezar el *o-temae*.

Movió el *kensui* hacia delante, se puso el tazón de té frente a las rodillas e hizo los mismos movimientos que solía ordenarnos a nosotras. Colocó entre sus rodillas y el tazón una preciosa bolsa de brocado en la que estaba el *chaire* —el recipiente de cerámica que contiene el té espeso— y deshizo el nudo del cordel con delicadeza.

Aunque la *sensei* tenía las manos tan estropeadas de cocinar y limpiar como cualquier otra ama de casa, movía los dedos con suavidad y cada uno de ellos parecía tener voluntad propia. Aflojó la abertura de la bolsa y dejó al descubierto la parte superior del *chaire* —la izquierda, la derecha— y, con mimo, lo sacó, tratando el recipiente con un cuidado infinito. Era como si estuviera desvistiendo a alguien.

El *fukusa-sabaku* fue lento y meticuloso, con una especie de ritmo delicado.

Aunque era exactamente igual de grande que las nuestras, en la mano de la *sensei* la *fukusa* parecía, de modo inexplicable, esponjosa como un suflé. Con la tela suavemente doblada, la *sensei* dibujó un pequeño *ko* cuando limpió la tapa del *chaire* y se paró un instante en la esquina antes de pasar la *fukusa* por el lado del recipiente, hacia abajo. Se movía con suavidad. Cada movimiento tenía una redondez indescriptible que nunca desaparecía.

En medio del silencio, todos los ojos estaban puestos en las manos de la *sensei*, por miedo a perdernos un simple detalle, pero, por más que nos fijásemos, no veíamos signos de que estuviera añadiendo ningún movimiento especial.

Simplemente, estaba llevando a cabo la preparación como siempre nos la enseñaba, con naturalidad y sin vacilar, sin amaneramientos ni gestos ostentosos y sin abreviar ni alterar nada.

«Y, entonces, ¿qué era lo que la hacía tan diferente?»

El agua que borbotea de los manantiales puros de montaña es transparente como el cristal y no tiene olores ni sabores particulares. Baja por la garganta suave y tu cuerpo la absorbe de inmediato. No se le añade ni se le quita nada.

El *o-temae* de la *sensei* Takeda era exactamente como esa agua de manantial. Era lento y majestuoso en algunas ocasiones, ligero y brioso en otras. El flujo quedaba puntuado en ciertos momentos por el suave ¡plop! del *hishaku* o el ¡chin! al dejar el *chasen*.

La *sensei* vertió agua caliente sobre el *koicha* y empezó a mezclarlo con el *chasen*. Sus movimientos eran lentos al principio, cuando incorporaba el té al agua. Poco después, los golpes del *chasen* se volvieron más rítmicos y, en ocasiones, empezaban con una nueva cadencia antes de volver a la primera, acelerándose poco a poco hasta llegar a un punto álgido. Por último, la *sensei* dibujó la espiral del carácter de hiragana *no* y levantó lentamente el *chasen* del tazón.

Un leve suspiro se escapó de las bocas de las estudiantes que había allí reunidas.

Observar los movimientos de las manos de la *sensei*, por alguna razón, me hizo sentir bien. Fue como escuchar música con los ojos. Sin embargo, lo único que ella había hecho era verter agua caliente sobre el *matcha* y mezclarlo de una forma del todo natural y corriente.

—Observad atentamente. Observar y sentir también forma parte del aprendizaje.

Justo como la *sensei* nos había dicho, no solo se trataba de reproducir el proceso sin cometer errores. El *o-temae* que seguía el procedimiento marcado era algo parecido a un vestido favorito. Sin embargo, la *sensei* no llevaba el vestido puesto sin más, sino que el vestido se había amoldado a su cuerpo.

CAPÍTULO 5
—

OBSERVA MUCHAS COSAS REALES

Chakai

Al año siguiente de haber empezado a estudiar Té, en marzo, la *sensei* nos preguntó:

—¿Qué os parecería ir a un *chakai*? Habrá uno pronto y quizá queráis hacer una salida de estudios para cambiar de aires.

—¿Un *chakai*? ¿De verdad?

Volviendo a casa, Michiko y yo dejamos volar la imaginación, emocionadas por lo que pensábamos que sería una oportunidad de ver a la alta sociedad en persona en uno de aquellos encuentros de té.

—Seguro que hay una alfombra roja y alguien tocando el *koto*.

—Y muchas señoras elegantes en kimono paseando por un jardín japonés. Será igualito que en *Las hermanas Makioka*.

—Me pregunto si se reirán con esa risa condescendiente, como en las películas.

—Apuesto a que habrá muchas mujeres pavoneándose delante de las demás…

—Casi seguro. Probablemente intercambiarán comentarios malintencionados mientras se sonríen con dulzura.

—Dios, es como el eslogan de aquella película: «Las mujeres solo florecen cuando son rivales».

La palabra *chakai* era suficiente para evocar imágenes vulgares de hervideros de esnobismo y odio, pero, a la vez, éramos conscientes de que tales imágenes eran de demasiado mal gusto para ser ciertas. Seguro que la realidad sería totalmente distinta.

El día del *chakai* nos levantamos inusualmente temprano y viajamos con la *sensei* a los jardines Sankeien del distrito Honmuku de Yokohama.

Los *chajin* tienen que madrugar. Cuando llegamos, ya había gente reunida fuera de los jardines Sankeien, aunque todavía faltara un rato para que fueran las nueve y abrieran las puertas. Parecía que se habían reunido allí mujeres con kimono de todas las partes de Japón.

Casi todas eran de mediana edad o señoras mayores. Vi solo a un par de hombres y parecía que tenían unos setenta años. Las escasas jóvenes de veintipocos iban, como nosotras, siguiendo el paso de figuras señoriales con kimono que debían de ser sus maestras.

Mientras esperábamos a que se abrieran las verjas, empezó el intercambio de saludos entre *sensei*. Por alguna razón, todas hablaban en tonos muy bajos.

—Vaya, vaya, habéis llegado pronto.

—Ay, hola. Vaya, vaya, qué suerte hemos tenido con el tiempo, ¿verdad?

—Tienes mucha razón, el tiempo es el mejor regalo de todos.

A nuestro alrededor se oían ráfagas de *vaya, vaya,* una interjección un poco extraña que no era ni una exclamación de sorpresa ni una forma de dirigirse a alguien.

—¿Con qué grupo tienes pensado empezar hoy? —le dijo una señora a su acompañante.

—No estoy segura. Si no planeamos bien el orden, no podremos verlos a todos.

—A todos es imposible. No podremos entrar a los que queremos si no vas a hacer cola para la sesión de *koicha* mientras yo compro las entradas para la de *usucha* posterior.

—Vaya, vaya. Bueno, pues hagamos todo lo posible.

—Vaya, vaya. Pues nos vemos luego.

Las mujeres de mediana edad parecían tremendamente entusiasmadas. La *sensei* Takeda también parecía emocionada e intercambiaba *vaya, vaya* entusiastas con otras maestras con las que estaba claro que se llevaba bien. Abrumadas, Michiko y yo las observábamos algo apartadas.

La larga cola

Las nueve en punto. La verja se abrió y las mujeres con kimono entraron una detrás de otra. Nosotras también avanzamos por el camino de grava, como una fila de hormigas atraídas inexorablemente hasta el jardín interior.

Los Sankeien son unos enormes jardines japoneses creados por un comerciante rico a principios del siglo XX. Repartidas por todo aquel terreno hay una serie de salas de té de todos los tamaños. Este *chakai* lo había organizado un grupo de maestras de Té que habían alquilado el recinto e iban a servir té en cinco salas diferentes por todo el jardín, cada maestra en una. En las salas pequeñas podían caber unas quince personas, y en las grandes, más de veinte. La primera sesión de cada una de las cinco salas empezaba a las diez en punto y duraba media hora más o menos. A continuación, cada grupo de anfitrionas haría el *o-temae* una y otra vez hasta las tres de la tarde.

Se podría pensar que no era necesario levantarse tan pronto para llegar allí. Sin embargo, la cantidad de personas que había era, simplemente, increíble. Los pasillos de fuera de las salas de té estaban a rebosar de señoras con kimonos, y nosotras nos pusimos al final de una cola que ya serpenteaba durante un buen trecho cuando llegamos. Las veinte personas que se habían asegurado plazas para la primera sesión debieron de haber corrido como locas por los pasillos compitiendo por llegar antes que el resto del rebaño.

No había nadie tocando el *koto*. Aquello no era la alta sociedad. Aquella situación, con todas las mujeres haciendo cola, me recordaba a algo totalmente diferente. ¿Qué podía ser?

«¡Ah, claro! ¡El primer día de rebajas en unos grandes almacenes!»

El largo pasillo que rodeaba la sala estaba repleto de mujeres en kimono en fila de dos. La cola doblaba dos esquinas. Como nos habíamos quedado atrás, estábamos más o menos a la mitad de la cola y tendríamos que esperar más de una hora. De vez en cuando, alguien que iba al lavabo avanzaba con dificultad entre la gente diciendo: «Disculpen, déjenme pasar, por favor». Eso convertía el pasillo en un caos.

Con una sonrisa irónica, la *sensei* Takeda nos dijo:

—Terrible, ¿verdad? Debéis de estar sorprendidas. Cuando vine a mi primer *chakai*, hace mucho, algunas personas salieron escalando por la ventana ornamental entre el caos. ¡Qué decepción me llevé al ver a unos *chajin* comportarse así!

Cuando terminaron los preparativos para la primera sesión, la puerta corredera de papel se abrió y una mujer de unos veinte años con un kimono en tono rosa melocotón degradado hizo una reverencia.

—Por favor, pasen —dijo.

Las veinte personas que esperaban al principio de la cola hicieron una reverencia a quien estaba justo detrás de ellas y, como es costumbre, le dijeron «Discúlpeme por pasar primero» antes de desaparecer dentro de la sala de té cuando les llegaba el turno, una a una. Poco después, la joven con el kimono de color melocotón volvió a sacar la cabeza por la puerta y se dirigió a las tres primeras personas de la fila.

—Aún caben otras tres personas. Pasen, por favor.

—Vaya por Dios —dijo la mujer regordeta con gafas que estaba la primera—. Somos un grupo de cuatro. ¿No podemos pasar todas? —Llevaba un kimono de visita con un recargado diseño *tsujigahana*, la técnica de teñido en la que se atan partes de la tela para dejarlas sin teñir, y un *obi* con un estampado de abanicos decorados con flores y aves.

—Lo siento muchísimo —dijo la joven—. Me temo que solo tenemos espacio para tres.

—Eso no puede ser. Vamos las cuatro juntas, ¿verdad? —A través de los grandes cristales de las gafas de color lavanda que la hacían parecerse a cierto guionista bastante famoso en aquella época, la mujer del *tsujigahana* intercambiaba miradas con sus tres acompañantes.

—Exacto, tenemos que ir juntas.

—Sí, seguro que por una más no pasa nada. Hemos venido todas juntas.

La joven con el kimono de color melocotón hizo lo que pudo para evitarlo, argumentando que incomodarían a los otros invitados, pero la del *tsujigahana* y su comitiva se levantaron y entraron a empujones de todas formas, ignorando todos los intentos de disuadirlas.

Aquello me recordó a cuando alguien, en un tren lleno, se sienta en un huequecito y, empujando a los demás con el trasero, consigue un asiento. Oímos a alguien dentro de la sala que decía:

—Les pido disculpas, pero ¿les importaría levantarse?

A continuación hubo un alboroto creado por los otros invitados, que se levantaban y se apartaban para hacer sitio.

Oyose chakai

Vi que esta escena se repetía en todos los *chakai* a los que fui después. Los grandes encuentros de té abiertos al público como ese se llaman *oyose chakai* y ofrecen la oportunidad de ver a personas muy variopintas. Una vez, mientras esperaba mi turno en el pasillo, oí esta conversación:

—Eso me recuerda que tengo que devolverte el dinero del otro día.

—*Sensei*, de verdad, no se preocupe.

—No, no, insisto.

No pude evitar que mis ojos se fueran hacia el origen de las voces: una mujer de unos setenta años y otra de unos cuarenta que pensé que sería la alumna de la mujer mayor. La primera mujer sacó una cartera del bolso, extrajo una hoja de *kaishi* (el papel sobre el que se ponen los dulces) del pliegue en el que se cruzaban el lado derecho y el izquierdo de su kimono liso del color de las judías *azuki*, y envolvió el dinero con el papel, vuelta hacia un lado para que su alumna no viera lo que hacía. El movimiento de sus manos me llamó la atención. La maestra sacó un objeto largo y fino del bolso y se lo llevó a un lado de la boca antes de alejarlo rápida como un rayo. Era un pincel de labios.

Con la tapa del pincel aún entre los labios, la maestra escribió algo apresuradamente en el sobre improvisado de *kaishi*, le puso de nuevo la tapa al pincel y lo devolvió al bolso. Se giró hacia su alumna y, dándole las gracias, le ofreció el pequeño paquete con las dos manos.

Vi los caracteres que indicaban que era un regalo garabateados en rojo en el envoltorio de *kaishi*.

Fue la primera vez que pensé que una mujer tan mayor era guay.

En otra ocasión, estábamos esperando cerca del principio de la cola cuando alguien del grupo anfitrión anunció:

—Caben tres personas más. Por favor, pasen.

Delante de nosotras había una mujer de unos sesenta años con un kimono sofisticado de color verde oliva con un estampado sutil de piel de tiburón. Estaba sentada de espaldas a nosotras de forma que veíamos los surcos horizontales del grueso tejido *shioze* en el nudo *taiko* de su *obi*. La mujer se quitó las gafas de cerca y se volvió hacia nosotras:

—Por favor, pasad. Sois tres, ¿verdad?

—Pero…

Si nos saltábamos la cola, la señora tendría que esperar media hora más.

—No pasa nada, he traído un libro.

Sonrió y nos mostró un librito de tapa blanda abierto sobre la manta de color beis y de aspecto caro que tenía en el regazo. Me di cuenta de que había estado leyendo en silencio todo ese tiempo. Quizá porque sentía que el esfuerzo era demasiado para sus ojos algo mayores, leía un poco y, luego, miraba el jardín un rato. Parecía absorta en su propio mundo, lejos del barullo de la cola en aquel pasillo.

—Muchas gracias. En ese caso, aceptamos su amable oferta. Discúlpenos por… —En cuanto nos volvimos de espaldas a la puerta de la sala de té para hacerle una reverencia, ya estaba leyendo el libro, de nuevo en su propio mundo.

El papel del invitado principal

Seguimos oyendo pasos un rato después de que la mujer del *tsujigahana* y su séquito entraran a la fuerza a la sala de té, pero, poco a poco, el ruido fue menguando. Luego, de pronto, se hizo el silencio.

«Vaya, ha empezado el *o-temae*.»

En el pasillo, agucé el oído. Oí el frufrú de un kimono y unos pasos rozando ligeramente el tatami. El ¡zas! del *chiriuchi* rompió el silencio.

En los *oyose chakai*, el *o-temae* no lo hace el maestro anfitrión, sino sus alumnos. Se preparan dos tazones de *usucha*.

El primero se lo bebe el *shokyaku*, el invitado principal, que se sienta al principio de la fila de invitados, y el segundo se lo bebe su vecino de la izquierda, el *jikyaku* o segundo invitado. Entonces, otros alumnos traen *usucha* batido en la *mizuya* para el resto de invitados, empezando por el tercero y siguiendo la fila.

El trabajo del maestro anfitrión es sentarse de cara a la fila de invitados y conversar con el *shokyaku*. Hace un papel parecido al de anfitrión de una cena, asegurándose de que todos los invitados se lo pasan bien y respondiendo a las preguntas del *shokyaku* sobre la caligrafía del rollo, las flores del *tokonoma*, los utensilios de ese día y esa clase de cosas.

El invitado principal no se limita a sentarse en el mejor sitio y beber té antes que el resto. Tiene el importante papel de hacer las preguntas que es probable que los otros invitados tengan para el anfitrión y establecer el ambiente general de la sala. Precisamente por eso, hay una regla no escrita según la cual el invitado principal debe ser un *chajin* veterano, con una gran riqueza de conocimientos y experiencia.

Batalla de humildad

Una hora después, nos llegó el turno.

—*Sensei*, ¿dónde nos sentamos?

—Donde sea, menos en el lugar del invitado principal —respondió—. Menos ahí, sentaos donde queráis.

El caos con el que nos encontramos cuando accedimos a la sala de té era lo más parecido a una batalla por lograr un asiento en el tren. Yo me pegué a la *sensei* Takeda y Michiko a mí y, antes de que pudiéramos darnos cuenta, estábamos las tres sentadas en medio de la fila de invitadas.

Los únicos espacios libres eran los del invitado principal y el segundo invitado, justo al principio de la fila. Nadie hizo ademán de sentarse ahí. Aún de pie en el centro de la sala, había dos mujeres de mediana edad nerviosas que habían llegado tarde a aquella versión extraña del juego de las sillas.

—Hay asientos libres aquí; por favor, siéntense. —La ayudante intentó guiarlas hacia los asientos de *shokyaku* y *jikyaku*, pero las dos mujeres aún se alteraron más.

—Ay, no podemos. ¡Eso no puede ser! —insistieron. Consiguieron meterse deprisa en un sitio que no había existido un segundo antes.

Aquello significaba que, poco a poco, el resto de las invitadas teníamos que desplazarnos hacia los lados, ya que habíamos quedado muy apretadas. La tercera invitada, que era la más cercana al primer asiento, parecía ansiosa por no terminar en el sitio de primera invitada. Su mirada lúgubre revelaba su determinación de no moverse del sitio costase lo que costase, sin importar cuánto la instaran a moverse.

Había algo cómicamente infantil en aquellas mujeres de mediana edad y señoras mayores con kimono empujándose unas a otras en la sala de té como niñas jugando a un juego agresivo.

—¿Podría persuadir a alguna de ustedes para que sea *shokyaku*?

A pesar de los ruegos de la anfitriona, nadie dio un paso adelante.

—Necesitamos que alguna haga de invitada principal, por favor.

No se oía ni a una mosca. Lo único que se movía era el tiempo. Parecía que todo el mundo se había quedado petrificado.

—Por favor, alguien. ¡Sin *shokyaku* no podemos empezar la sesión! —Su voz sonaba exasperada.

Alguien habló en voz alta:

—*Sensei*, ¿sería tan amable?

Todos los ojos se fijaron inmediatamente en una señora mayor con un kimono marrón atado con un *obi* negro. Estaba decidido.

—Oh, no, no podría, de verdad. No es cosa mía sentarme en una posición de tanto honor.

Pero, a pesar de la intensa reticencia de aquella viejita, la ayudante la arrastró a ella y a su acompañante de la mano hasta los asientos de *shokyaku* y *jikyaku*.

La señora con aspecto de abuela que se había convertido en invitada principal parecía tener ochenta y tantos años. Pese a su rechazo a tener que adoptar el papel, en el momento en el que se sentó en su sitio, se alisó el bajo del kimono, se ajustó el cuello, se colocó el abanico delante de las rodillas y sonrió satisfecha cuando se dirigió a todas nosotras:

—Vaya, vaya. Por favor, discúlpenme por adoptar una posición tan elevada. Tengo muchas ganas de poder estudiar hoy.

Una vez que la vacante de *shokyaku* se había cubierto, el alivio se extendió por la sala y la gente de la fila se relajó, de modo que ya no estábamos apretadas como sardinas y podíamos sentarnos más cómodamente.

Se puso en marcha el *o-temae*. Una mujer de unos veinte años con un tazón de té y un *natsume* en las manos entró en la sala, que estaba repleta de pinturas en las puertas correderas de papel. Tenía las mejillas sonrojadas, seguramente por los nervios, pero su actitud mientras llevaba a cabo el *o-temae* era serena.

Todo el mundo tenía la mirada clavada en sus manos. Yo oía leves susurros:

—Me pregunto si ese *natsume* es un Kinsa.

—Hay un *kao* en la mampara plegable.

—¿No es bonito el marco del brasero decorado con un sauce al que están a punto de brotarle las hojas? Es un Sotetsu.

Michiko y yo no teníamos ni la menor idea de lo que decían.

Empezaron las gentilezas entre la anfitriona y la invitada principal.

—Vaya, vaya, debo darle la enhorabuena —dijo la *shokyaku*.

—Vaya, vaya, gracias por haber venido —respondió la anfitriona.

—Qué afortunadas de que hoy haga mucho más calor, ¿verdad?

—Eso por sí solo ya es un regalo.

—*Sensei*, ¡qué utensilios tan soberbios! Es muy considerado por su parte, pero la preparación debe de haber sido muy dura.

—No ha sido casi nada, hemos hecho lo que hemos podido.

Entonces, la invitada principal preguntó por cada utensilio uno a uno, dándole a la anfitriona la oportunidad de explicarse.

—Este lo hizo el maestro Raku Konyu, de la decimosegunda generación de Raku. El gran maestro Sokuchusai le otorgó el nombre de *Niebla de primavera*. Ese, el del diseño con flores y hierbas, es de Eiraku Zengoro. El *natsume* es *Campo en primavera*, de Kinsa. El *chashaku* es…

Yo nunca me he sentido cómoda con los menús de los restaurantes franceses. Las descripciones como «*Foie gras* de pato con salsa de pimienta y caramelo y Sauternes *gratiné*» a mí me suenan a chino. Aquello era igual. Sakakura Shinbei, Ohi Chozaemon, el que más le gustaba a Seisai, el que más le gustaba a Sokuchusai, la inscripción de tal caja… Y así continuamente. Pasó un buen rato hasta que aprendí que *sometsuke* era un tipo de cerámica azul y blanca; que el lacado negro, liso y brillante se llamaba *shin-nuri*, y que el *maki-e* era una técnica para decorar utensilios lacados con polvo de oro y plata.

De vez en cuando, la invitada principal intervenía con un «¡Oh, espléndido! Tiene un *kao*» cuando hablaba de un objeto que llevaba la firma de un gran maestro, o «Qué cosa tan magnífica», o «Qué atención al detalle tan característica», u otros comentarios por el estilo.

A cada rato oía exclamaciones entusiastas de las otras invitadas:

—¡Madre mía! ¿La caja tiene inscripciones de Sokuchusai?

—Dice que es un Konyu. ¡Qué maravilla!

La fila de observadoras se iba emocionando, las palabras *caja* y *kao* viajaban por la sala como un eco, y nombres como *Shinbei* y *Chozaemon*, que sonaban a drama de época, salían de la boca de todas.

Aquello era un mundo totalmente diferente del del Té que conocíamos por nuestras lecciones semanales. Michiko y yo solo podíamos seguir observando atónitas.

Haiken

Justo cuando me terminé el *usucha*, nos llegó a nosotras el tazón de té que cada invitada estaba examinando con cuidado en el proceso llamado *haiken*. Era negro y lustroso. La *sensei* se agachó mucho y observó atentamente durante un buen rato el tazón. Entonces, lo cogió con ambas manos desde abajo y lo puso con delicadeza delante de mí.

—Esto es un tazón de té Raku. Asegúrate de tocarlo cuando lo examines —me indicó—. Siente el peso, la textura, cómo te cabe entre las manos. A continuación, dale la vuelta y observa bien, porque verás el sello Raku estampado en la base. Tienes que estudiar los detalles de los sellos para poder saber qué generación de la familia Raku lo hizo.

—Entiendo.

El proceso *haiken* que llevaban a cabo las señoras que había a mi alrededor era asombroso. Ponían las dos manos sobre el tatami y miraban fijamente el tazón, luego lo rodeaban con las manos y le daban la vuelta mientras sentían el peso y el acabado del utensilio. Algunas se levantaban las gafas mientras observaban el interior del tazón, el sello Raku estampado en la parte de abajo y el borde inferior o pie del tazón. Lo sometían a un escrutinio intenso, como si disfrutaran con cada pequeño detalle del derecho y del revés.

A mí me daba un poco de vergüenza observar un objeto de otra persona como si lo estuviera valorando, pero hice lo que me mandaban.

El tazón era suave y ligero como un merengue. Cuando lo levanté, desprendía una especie de calor, refugiado como un animalito en el nido que eran mis manos. Cualquier incomodidad que sintiera porque parecía que estaba evaluando el tazón se esfumó tan pronto como noté la textura con las palmas de las manos.

Hasta unos cuantos años después no descubrí que ese tazón de té valía varios millones de yenes.

—Cuando vayáis a un *chakai*, tenéis que aseguraros de tocar los utensilios así. Debéis observar muchas cosas con vuestros propios ojos. Mirad cómo se comportan los diferentes invitados principales y anfitriones. Así es como se gana experiencia, como se aprende —nos dijo la *sensei*.

Terminó el *o-temae* y se pusieron el *natsume* y el *chashaku* sobre el tatami. La anfitriona y la invitada principal intercambiaron palabras de despedida. El resto nos pusimos los abanicos delante de las rodillas e hicimos una reverencia. En cuanto nos incorporamos, las mujeres de mediana edad se precipitaron hacia delante. Me pregunté qué estaría pasando.

Todo el mundo se había amontonado alrededor de los utensilios en una aglomeración de varias filas de profundidad, abriendo el *natsume* para mirar la parte inferior de la tapa y cogiendo el *chashaku*.

—Qué *chashaku* tan bonito, ¿verdad?

—¡Madre mía, el marco del brasero es fabuloso!

Nichinichi kore kojitsu

Hubo una sola cosa que me resultó familiar en el *chakai*: el rollo.

Nichinichi kore kojitsu

La caligrafía enmarcada en la sala de té de la *sensei* contenía el mismo texto.

—¡Mira! —exclamé.

—¡Sí, es verdad! Es la misma que hay en casa de la *sensei*.

Observamos los cinco caracteres que nos eran familiares.

—Nori, ¿qué significa? —me preguntó Michiko.

—Bueno, *kojitsu* significa «buen día», ¿no?

—¿Entonces…?

—Pues significa «cada día es un buen día», ¿no?

—¡Eso lo sé hasta yo! Pero ¿eso es todo?

—¿Qué? ¿Qué quieres decir con «eso es todo»?

Sentada a nuestro lado, la *sensei* había estado escuchando en silencio aquella conversación. Ahora se reía por lo bajo.

Era evidente que Michiko no había quedado convencida con mi explicación. Y yo no tenía ni la menor idea de dónde quería ir a parar. No había duda de que «cada día es un buen día» significaba, simple y llanamente, que cada día es un buen día. ¿Qué otro significado iba a tener?

Después de aquel día, empecé a encontrarme con esa expresión de cinco caracteres en otros sitios.

En el *chakai* iba incluida una comida para llevar llamada *tenshin*. Poco después del mediodía, la *sensei* nos llevó a un salón formal grande habilitado como comedor y observamos el jardín mientras abríamos las cajas de *sushi*.

Justo en ese momento, una mujer mayor se dirigió a la *sensei*.

—Oh, señora Takeda, ¿hoy ha traído a sus jóvenes alumnas con usted?

Parecía una mujer sencilla. Llevaba un kimono gris claro con un blasón, que complementaba a la perfección su pelo blanco perla esmeradamente recogido, y un chal violeta pálido que parecía esponjoso como una nube. Me recordaba a un narciso. La joven grácil que había sido seguía viviendo en su interior. Creo que debía de tener más de ochenta años, pero no parecía vieja. Entre la multitud de asistentes que andaban en grupitos, haciendo aspavientos porque iban «las cuatro juntas», ella iba paseando sola. Yo nunca había visto a nadie tan bello.

La miré pensando: «Algún día quiero ser como ella».

—¿Ibais a comer? —continuó la conocida de la *sensei*—. Yo acabo de comer ahora. —Entonces nos dedicó una sonrisa encantadora y se despidió—: Bueno, me voy a estudiar otra sesión. Estudiar es muy divertido, ¿verdad? Disculpadme por irme antes que vosotras…

Mientras la observaba marcharse con el chal de color pastel y aspecto suave enrollado de forma holgada alrededor de los hombros, se me quedó una palabra concreta en la cabeza, alterando el flujo de los pensamientos como una roca en medio de un río. Me detuve con un trozo de *sushi* suspendido a medio camino de la boca y le dije a Michiko:

—Esa señora ha dicho «estudiar», ¿verdad?

—Así es…

—Me pregunto por qué alguien iba a seguir estudiando a su edad.

—Pues sí…

Por fin libres del infierno de los exámenes desde que habíamos entrado en la universidad, la idea nos desconcertaba, pero oímos la palabra *estudiar* varias veces en aquel *chakai*. La había usado la conocida de nuestra *sensei*, así como la maestra mayor que había hecho de invitada principal en el primer *o-temae* al que habíamos asistido aquella mañana.

Al escuchar nuestra conversación, la *sensei* volvió a reír para sí misma.

CAPÍTULO 6

—

SABOREA LAS ESTACIONES

Motivos para saltarse las lecciones

Habían pasado dos años desde que Michiko y yo habíamos empezado a estudiar Té.

Las dos habíamos terminado la universidad. Yo trabajaba a tiempo parcial para una editorial y Michiko había encontrado un trabajo en una compañía de comercio exterior.

Ya no estábamos las dos solas en las lecciones semanales. Se nos habían unido Yumiko, una universitaria de tercero; Sanae, una estudiante del último curso de instituto, y la señora Tadokoro, una policía. Los sábados, la sala de té se llenaba de vida.

La *sensei* volvió a enseñar lo básico:

—Sí, ahora *chiriuchi.* —Y—: Dobla el *chakin* sobre el borde y dale al tazón tres giros generosos mientras lo limpias.

Michiko y yo no podíamos contener las risitas al ver a las nuevas estudiantes ir de puntillas por el tatami.

Después de cada lección, las nuevas tenían que usar las manos para mover hacia delante y hacia atrás los dedos de los pies entumecidos. Gimiendo por el intenso cosquilleo que sentían cuando les volvía la sensación a los pies, exclamaban:

—¡Uf, no tengo ni idea de lo que estoy haciendo! —Y también—: ¡Increíble! ¿Todos esos detalles tienen que hacerse exactamente así?

—Os debéis de sentir como si os vierais a vosotras mismas en el pasado —nos dijo la *sensei*.

Michiko y yo nos reímos y asentimos, pero, a pesar de que era nuestro tercer año, nuestra comprensión de los detalles seguía siendo difusa. Habíamos aprendido el *koicha o-temae* y, cada semana, nos enseñaba a usar diferentes tipos de *mizusashi*, *tana* grandes y pequeñas y una caja de madera de paulonia llamada *satsubako*, por no hablar de los procedimientos del *subi-temae* para preparar y avivar el brasero.

Las instrucciones de la *sensei* se volvieron más elaboradas a medida que la duración y complejidad del *o-temae* aumentaban:

—Sí, empezando con el pulgar derecho, mueve los dedos uno por uno… Ahora, los dedos de la mano izquierda. Ahora la derecha sube y la izquierda baja… —Y—: Cuando añades carbón por este lado, tienes que girar la mano con la que sostienes los palillos de metal hacia el lado contrario de los invitados. —Y—: Madre mía, ¿y lo de limpiar la tapa del *mizusashi*?

Confundíamos el *usucha o-temae* con el *koicha* y aún estábamos más liadas que antes, caíamos en los mismos errores una y otra vez.

Aunque llevábamos haciéndolo más de dos años, cometíamos errores cada vez y cada vez recibíamos una regañina.

—Venga, que ya lo habéis hecho en otras ocasiones. ¿Es esto lo que me dais por todo lo que os he enseñado? Si vais a pagármelo así, mejor que no os molestéis —nos reprendía la *sensei*—. Cielos, ¿eso también se os ha olvidado? ¡Estoy tan enfadada que no tengo palabras!

«Estoy tan enfadada que no tengo palabras», esa frase la oíamos mucho.

El *o-temae* nos esperaba cada vez que acudíamos a una lección. Y cuando lo hacíamos, siempre nos equivocábamos y eso desembocaba en un «No es la primera vez que lo hacéis» o un «¡Estoy tan enfadada que no tengo palabras!».

Los sábados por la tarde, si llovía, pensaba: «No quiero ir a Té con este tiempo». Si hacía buen tiempo, el pensamiento era: «No quiero desperdiciar un sábado tan bonito yendo a Té».

Siempre había un motivo para saltarme la lección. Dudaba entre ir y no ir y luego terminaba yendo, arrastrando los pies a pesar de llegar tarde. Sin embargo, cuando llegaba allí, siempre me cambiaba el humor y me alegraba de haber ido.

Eso era porque siempre me esperaba algo en la sala de té de la *sensei* Takeda.

Wagashi

En el jardín, las flores de glicinia se balanceaban. La luz que pasaba a través de las hojas tiernas del caqui era deslumbrante, y una brisa agradable soplaba de vez en cuando.

—Hoy tengo un *haisu-gatsuo* fresco muy bueno. Voy a cortarlo —nos dijo la *sensei*, y se fue con presteza hacia la cocina.

Todas nosotras intercambiamos miradas desconcertadas. Me preguntaba si la *sensei* iba a darnos *sashimi* de bonito. Al fin y al cabo, era la temporada de ese hermoso haiku sobre las delicias del principio del verano:

Me ni wa aoba
Yama hototogisu
Hatsu-gatsuo

Ves hojas verdes,
　　　el cuco en las montañas,
　　　　　primer bonito

Pero yo nunca había visto que nadie acompañara el *matcha* con *sashimi*.

Cuando volvió la *sensei*, no traía platos de *sashimi* y una botellita de salsa de soja, sino un platito para dulces con una tapa.

«¿Cómo? ¿No acaba de decir que traía *hatsu-gatsuo*, el primer bonito del año?»

—Por favor, id pasándolo.

Parecía que había tenido el detalle de guardar el platito de cerámica de Seto y su contenido en la nevera, porque estaba agradablemente frío al tacto y aquel día de verano hacía calor.

Levanté la tapa y encontré cortes de *yokan* al vapor de un rosa pálido puestos en fila.

—Esto es *hatsu-gatsuo* de la confitería Minochu de Nagoya —dijo la *sensei*.

—O sea, ¿que el *hatsu-gatsuo* es un dulce?

—¿Te esperabas pescado de verdad? ¡Qué gracia! Venga, coge un trozo.

«Pero ¿por qué llaman al *yokan* al vapor *hatsu-gatsuo*?»

Con los palillos de madera de *kuromoji*, puse el corte sobre mi papel *kaishi*.

Se me escapó una exclamación de sorpresa. Unas líneas recorrían la superficie cortada del dulce blando, flexible y rosa. El color y la textura realmente lo asemejaban a un filete de bonito temprano.

—¡Es igual que el *hatsu-gatsuo*!

—¿Verdad? —La *sensei* entrecerró los ojos con alegría.

La mezcla de pasta de alubias con mucho arruruz se remueve solo una vez durante el proceso de cocción al vapor antes de enfriarla y dejar que cuaje. Cuando se corta con un hilo estirado, la superficie obtenida adquiere una textura rayada característica.

Ver el borde cortado del delicado dulce rosa me trajo a la memoria la imagen de mí misma sentada en una pequeña mesa con mi familia comiendo pescado de temporada. Casi podía captar el aroma del pescado pasando por debajo de mi nariz.

Con el palillo para dulces —parecido a un cuchillo muy pequeño y romo—, corté el dulce gelatinoso en trozos y me lo comí, disfrutando de la sensación fría en la lengua cuando se derretía como ambrosía. La mezcla embriagadora de recuerdos y dulzor era magnífica.

A mí me encantaban los milhojas y los profiteroles y, antes de empezar a estudiar Té, nunca me había interesado por los *wagashi* —los dulces tradicionales japoneses—. Sin embargo, en uno o dos años había abierto los ojos a sus encantos.

Los *kinton* —un tipo de *wagashi* hecho de puré de alubias coloreado que se pasa por un cedazo para crear unos copos finos que luego se aplican cuidadosamente sobre una bolita de pasta de alubias— tienen muchas caras; representan las flores de colza en marzo, las flores de cerezo en abril y las azaleas en mayo. En verano se usan arruruz y agar-agar para representar el agua y transmitir una sensación de frescura. Los *wagashi* no solo tienen el sabor de los ingredientes que llevan, sino de la propia temporada.

Los profiteroles y las tartas, que son iguales todo el año, terminan por parecerme aburridos en comparación.

Saborear

Un día a mediados de diciembre, cuando soplaba el viento helado, sobre el plato de dulces lacado había pequeños *manju* amarillos colocados ordenadamente.

—Esta mañana he ido en un momento a Nihonbashi a comprar dulces —nos dijo la *sensei*.

De vez en cuando, la *sensei* hacía un viaje en tren de una hora solo para comprar dulces para la lección. A veces iba a Kuya, en Ginza, para comprar *kimihyo*, amarillos y con forma de calabaza alargada; o a Shiono, en Akasaka, para comprar *chiyogiku*, formados con esmero para que parecieran crisantemos; o a Komaki, en Kita-Kamakura, para comprar *aoume*, que parecían ciruelas verdes.

—Estos son *yuzu manju* de Nagato —nos explicó.

Claro, casi estábamos en el solsticio de invierno. Dicen que si pones *yuzu* flotando en la bañera en el solsticio, que marca el inicio del invierno, esa fruta parecida al limón te calentará el cuerpo y te protegerá de los resfriados todo el año.

Nos cautivaba ver aquellos pastelitos de un amarillo vivo. A diferencia de los *manju* normales, que tienen una superficie lisa, la capa exterior de estos presentaba hoyos y bultos, como la piel de los *yuzu* de verdad. En un pequeño hueco en la parte de arriba estaba el rabillo verde del cáliz. Este se fabricaba con *nerikiri* verde, una masa hecha de pasta de alubias blancas y harina de arroz.

Todo el mundo abrió los ojos maravillado.

—Vaya, qué buen trabajo han hecho, ¿no?

—Me pregunto cómo habrán hecho todos esos hoyuelos en la piel.

—Adelante, probadlos —nos dijo la *sensei*—. Aseguraos de saborearlos bien.

Con el primer bocado, el sabor cítrico del *yuzu* me llenó la boca. Habían puesto ralladuras gruesas de *yuzu* de verdad en la capa exterior del *manju* para recrear la textura irregular de la fruta.

«¡Increíble!»

Nunca dejaban de asombrarme los trucos artísticos que había escondido en aquellos delicados dulces japoneses.

La *sensei* pedía *wagashi* de temporada a confiterías venerables a lo largo y ancho de Japón. De Hasegawa Ryushiken, en Fukui, llegaban *fuku wa uchi*, con la forma de la cara sonriente de Otafuku, la diosa de la fortuna, para celebrar la expulsión de los malos espíritus en febrero, al final del invierno. De Shimane, los *natane no sato* de la confitería Saneido, que recordaban a las mariposas que revoloteaban sobre un campo de colzas floridas en primavera. De Shokado, en Aichi, eran los cubitos diminutos y coloridos que recordaban al polvo de estrellas de los *hoshi no shizuku*. Los *hamazuto* —una ostra que se abre y deja ver una sola haba de *miso* salado envuelta en un agar-agar de color ámbar— de la tienda Kameya Norikatsu de Kioto nos proporcionaban un breve alivio del calor extremo de agosto. Los *miso matsukae* eran otro dulce de Kioto, un bizcocho con sabor a *miso* de Matsuya Tokiwa. Y de Gotomaruya, en Toyama, venían esquirlas de *usugori*, que parecían una fina capa de hielo sobre un arrozal en invierno.

—Estos son *Koshi no yuki*. Los he traído de Yamatoya, en Nagaoka, en la prefectura de Niigata —nos dijo la *sensei* un sábado oscuro y frío de enero.

Alineados en la bandeja había un puñado de dulces secos, blancos y cuadrados como terrones de azúcar aplanados. No parecían muy diferentes de los *rakugan*, unos caramelos hechos de azúcar de grano fino.

Preguntándome por qué la *sensei* se había tomado la molestia de traerlos desde tan lejos, puse uno en mi *kaishi*, lo cogí con los dedos y me lo metí en la boca. Apenas había empezado a morder el dulce blanco cuando se me deshizo lenta y suavemente sobre la lengua.

Reprimí una exclamación de sorpresa al darme cuenta de por qué aquellos dulces se llamaban, literalmente, *Nieves de la provincia de Koshi*.

«¡Es nieve! ¡Es nieve!»

Me maravilló la sensación del dulce desmoronándose en mi boca. La nieve se derretía, sin dejar tras de sí más que un leve dulzor.

La teatralidad de los utensilios del té

Antes de empezar a estudiar Té, para mí, los utensilios para la preparación se reducían a tazones viejos, simples y del color del barro, y suponía que el tan usado término *wabi-sabi* —a veces descrito como *simplicidad elegante*— hacía referencia al gusto estético austero e incomprensible que veneraba esos objetos.

Sin embargo, la realidad era otra.

Al abrir un recipiente para incienso en forma de flor blanca de ciruelo, nos podemos encontrar con que el interior está pintado de color escarlata, lo que transforma la cajita en una flor roja. Al levantar la tapa de un recipiente negro liso de *usucha*, podemos desvelar un adorno de oro en forma de ola en la parte inferior. O, a primera vista, puede parecer que el lacado oscuro de otro *natsume* no está adornado, pero, si lo examinamos de cerca, resulta que está cubierto por un grabado de *sakura* en plena floración y lleva por nombre *Flores de cerezo por la noche*.

Los utensilios para el té tenían un estilo increíble y hasta eran ingeniosos. Podían parecer pasados de moda, pero tener un nombre divertido; o aparentar ser bastante corrientes, pero estar elaboradamente decorados en una esquinita. Solían tener una sorpresa que esperaba agazapada, lista para dejarte sin aliento.

Dejarnos descubrir por nosotras mismas estos pequeños artificios y empezar a apreciar todas las estaciones era el modo de la *sensei* Takeda de mostrarnos su hospitalidad. Cada semana la *sensei* preparaba esta forma de entretenimiento como si pensara acertijos.

—Me pregunto cuántos resolveréis hoy.

Nombres de flores

—¿Sabéis cuáles son las flores de hoy?

Motivada por la pregunta de la *sensei*, miré hacia el *tokonoma* y vi una cesta de bambú. Dentro había dos o tres flores y unas briznas de hierba largas y finas, un oasis de frescura en la pegajosa temporada de lluvias.

Siempre había flores expuestas en el *tokonoma*. A diferencia de los grandes arreglos florales de una fiesta o de los estrafalarios arreglos *ikebana* en los que las flores se ensartan en las espinas de metal de un soporte como si fueran piezas de coleccionista, las flores en el hueco de la sala de té siempre eran sencillas y estaban dispuestas de una forma nada ostentosa, ya fuera un solo capullo de camelia en un jarrón de cuello largo y boca estrecha o un montón de hierbas finas y flores silvestres en una cesta.

—No —admití—. ¿Cómo se llaman?

—La alta y estrecha como si fuera un palillo es un *kugaiso*. La rosa es un lirio *otome*. Y eso es hierba cinta. —La *sensei* hasta sabía los nombres de las plantas que parecían pasto.

—Astilbe chino, espirea del Japón y *gamazumi* —nos dijo el sábado siguiente.

Y el siguiente:

—Esto es una rosa de Siria y eso es hierba Eulalia.

Oíamos nombres nuevos cada semana, volvíamos a la siguiente y nos encontrábamos con más nombres desconocidos esperándonos.

Siempre me habían gustado las flores, empezando por los narcisos, las violetas y los lirios de los valles que teníamos en el pequeño parterre de casa, así como las dafnes, las gardenias y los *Osmanthus* de floración naranja del parque. Los lirios *yamayuri*, los cardos y las campanillas *hotarubukuro* de los terraplenes. Las margaritas, las persicarias y las campanillas *saiyoshajin* de los campos... Los nombres de todas esas flores me eran familiares desde la infancia.

Pero desconocía las flores de la sala de té. Era un mundo completamente distinto al que no se podía acceder desde cualquier floristería. Tenían hasta su propio nombre: *chabana*, o *flores para el Té*.

Pero ¿de dónde sacaba la *sensei* aquellas flores?

—La mayoría crecen en el jardín —nos dijo.

—¿De verdad? ¿En el jardín de esta casa?

Desde hacía unos treinta años, la *sensei* trasplantaba allí flores y hierbas de varios lugares y las cuidaba.

Desde la sala de té veíamos caquis y ciruelos enormes junto con azaleas, glicinias, una parra, membrillos en flor, camelias, lagerstroemias, melocotoneros, hortensias, bambú sagrado y arces. Entre los arbustos había un farol de piedra y un camino de guijarros que se veían aquí y allá. Aparte de eso, solo había hierbas.

Por más que lo intentara, no era capaz de encontrar esas *chabana*. Sin embargo, de vez en cuando, la *sensei* se ponía unas sandalias *geta*, cogía sus tijeras de podar y salía a cortar *chabana* de entre los matorrales.

Expuestas en el *tokonoma*, las delicadas flores de plantas y árboles en ramitas completamente desnudas infundían ánimos en primavera, evocaban el frío en verano, daban un toque de opulencia entre la tristeza del otoño y destacaban vivas y frescas en invierno. Poligonato, corona de novia, hipérico, fritillaria, orquídea garza blanca, anémona del Japón, *mushikari*, *tosa-mizuki*... Oíamos incontables nombres.

En cuanto a las camelias, las reinas de las *chabana*, la *sensei* tenía por los menos tres variedades en el jardín, solo contando las que nos había mencionado. *Kocho-wabisuke*, *Kamo-honnami*, *Seiobo*, *Sodekakushi*... La lista seguía.

Aunque, por mucho que me fijara, yo no las veía en el jardín, no había duda de que la *sensei* había estado ahí con las *geta* y las tijeras de podar trabajando. Era como si tuviera otro jardín secreto escondido dentro del que yo podía ver.

Las camelias tienen que ser todavía un capullo, no se pueden usar si ya han empezado a florecer. La *sensei* elegía un solo capullo henchido que parecía que iba a empezar a abrirse, a separar los pétalos ligeramente, durante la lección de la tarde.

—Sería mejor si esta hoja estuviera mirando hacia aquí un poco más, ¿verdad? Venga, ¿no te girarás un poquito hacia aquí, por favor? —Por alguna razón, la *sensei* intentaba persuadir a la flor susurrándole mientras la ponía en el jarrón—. Seguramente pensáis que esto es fácil —observó.

—Sí.

La verdad es que parecía muy sencillo.

—Al contrario, colocar las flores de forma natural, «como están en el campo», como decimos en el Té, es muy complicado, ¿sabéis? —dijo la *sensei*—. Cuanto más fácil parece, más difícil es.

A veces, la *sensei* no solo nos decía cómo se llamaban las flores, sino que también nos explicaba el origen de los nombres.

Hay una planta curiosa con una flor verde pálido diminuta, del tamaño de una semilla de sésamo, en el centro de la hoja.

—Parece que la flor esté sobre una balsa, ¿no?

Cuando la volví a mirar, vi a lo que se refería. El puntito de la flor en medio de la hoja parecía una flor que había caído de algún árbol de la orilla a una balsa que flotaba río abajo.

—Por eso se llama *hana-ikada*, balsa de flor —nos explicó la *sensei*.

Nos señaló otra planta con flores blancas pequeñas a lo largo de un tallo bifurcado.

—Las dos partes florecen a la vez, así que la llaman *futari-shizuka*, las dos *shizuka*. Hay otra variedad de *Chloranthus* con un único tallo que se llama *hitori-shizuka*, la *shizuka* sola.

Una hilera de flores rosas y voluminosas en forma de corazón colgaba de un tallo largo y fino como corazones sangrantes; su nombre en japonés se traduce como «hierba de pescar besugo». El fino tallo estaba doblado y era igual que una caña de pescar.

—¿No pensáis que es igual que un besugo grande colgando de una caña de pescar? —nos preguntó la *sensei*.

La gente de tiempos pasados nombraba muchas flores por las imágenes que evocaban sus formas. Mi interés en las *chabana* surgió al descubrirlo.

—*Sensei*, esto era hierba del pez de colores, ¿no? —le pregunté.

—No, del pez de colores no, del besugo —me corrigió.

—Ah, sí, hierba de pescar besugo. —Ya me acordaba, hierba del pez de colores era el nombre que tenían los dragoncillos o conejillos.

Otro día lo volví a intentar:

—*Sensei*, la flor de hoy es pimienta japonesa, ¿verdad?

—No, es del mismo color, pero no es esa. Esta es *mansaku*, avellano de bruja japonés. Es lo primero que florece en primavera y dicen que el nombre *mansaku* es una deformación de *mazu-saku*, «el primero en florecer».

Mediante conversaciones como esa, aprendimos los nombres de las *chabana* de cada estación de uno en uno o de dos en dos.

—Cuando entréis en una sala de té, mirad primero el rollo y las flores del *tokonoma* —nos dijo la *sensei*—. El rollo es el mayor placer de todos los del Té, ¿sabéis?

—¿Placer? —repetí atónita.

Podía considerar placeres los dulces y el té sin ningún problema. Los utensilios eran fascinantes. Las flores de temporada y los capullos henchidos de las camelias también eran muy bonitos.

Los rollos eran lo único que me dejaba indiferente.

—¿Podéis leer el rollo de hoy? —nos pidió la *sensei*.

No sabía si era porque la caligrafía era demasiado hábil o, directamente, yo era torpe, pero no era capaz de leer ni un solo carácter.

A veces, las pinceladas parecían débiles y sin forma y, otras, agresivamente firmes. Fuera como fuera, yo sentía una especie de irritación porque no podía evitar pensar que los calígrafos se habían esforzado para hacer que los caracteres fueran ilegibles para los no iniciados.

Cuando oí que la caligrafía era el trabajo de importantes sacerdotes zen, me pareció evidente que habían hecho los caracteres deliberadamente difíciles de leer para demostrar que eran superiores al resto.

Anunciándolo con un «El rollo de hoy dice...», la *sensei* siempre nos leía las palabras del rollo en voz alta.

Un bonito y soleado sábado de mayo, leyó: «*Kunpu minami yori kitaru*», «Una brisa fragante viene del sur».

Un día de verano, cuando estábamos cubiertas por el tenue brillo del sudor, fue «*Seiryu kandan nashi*», «La corriente pura fluye sin cesar».

A finales de otoño, cuando el arce y el caqui del jardín estaban rebosantes de hojas carmesíes, «*Soyo manrin no hana*», «Las hojas tintadas por el frío llenan el bosque de flores».

Hasta yo sabía que los caracteres del rollo representaban algo que tenía que ver con la estación del año.

Pero no les encontraba nada interesante ni agradable que justificara la descripción de «el mejor placer de todos».

Cuando la *sensei* leía el rollo en voz alta, todas asentíamos y decíamos «entiendo». Cuando nos servía los dulces, nos animábamos mucho más y la sala se llenaba de exclamaciones de asombro y deleite.

Por lo menos éramos sinceras.

Cascada

Era un sábado intensamente caluroso justo después de la temporada de lluvias. Las temperaturas estaban por encima de los treinta grados desde antes del mediodía. Yendo hacia la lección de Té, el asfalto de la acera nos devolvía el calor sofocante.

En cuanto entramos en el recibidor de la *sensei*, el sudor empezó a gotearme por la espalda. Secándome la frente con un pañuelo de tela, coloqué mis pertenencias en una cajita que había en la antesala como de costumbre, me puse un par de calcetines blancos y entré en la sala de té.

Después de saludar, volví la vista hacia el *tokonoma*.

Allí colgado había un rollo que debía de tener la altura de una persona.

La forma imponente de un solo carácter quedaba en la parte superior del largo rollo de papel, escrita con pinceladas gruesas y vigorosas:

Cascada

Debajo, el resto del papel estaba en blanco.

En lugar de terminar con el trazo hacia arriba de rigor, la última pincelada caía como una catarata hacia abajo por el espacio en blanco y terminaba cerca del borde inferior del rollo. La fuerza de las pinceladas del autor había dejado puntitos de tinta esparcidos por el papel.

«¡Vaya!»

Por un instante, sentí el agua pulverizada en la piel.

Se levantó una ráfaga de aire fresco de la poza a la que caía el agua.

Sentí la espalda, empapada de sudor, más fresca.

«Vaya, se está muy bien, muy fresco.»

Se me cayó otra venda —esta más bien gruesa— de los ojos.

«¡O sea, que esto era lo que la *sensei* quería decir sobre los rollos!»

De pronto, la impresión que tenía de que los rollos eran complicados e incomprensibles desapareció de un plumazo.

No hay que leer los caracteres con la cabeza. Solo hay que mirarlos, como si fueran un cuadro. Una vez que dejé de lado los prejuicios, empecé a ver lo que me había parecido difícil y el colmo de la pedantería como una especie de acertijo.

Los caracteres escritos con pincel que me habían irritado tanto resultaron ser pictografías creadas por mentes espontáneas y juguetonas. Con estilo y un solo pincel, alguien le había dado vida a una cascada en la pared del *tokonoma* de una forma tan realista que yo podía sentir el agua que salpicaba al caer.

«¡Qué maravilla!»

La *sensei* me miró como diciendo: «¿Lo ves?».

Desde ese día, miré el *tokonoma* con otros ojos.

○ *y nieve*

Durante una lección a mediados de octubre, yo no podía dejar de mirar el rollo, perpleja.

○

No era una palabra, ni siquiera un carácter. Alguien había dibujado simplemente un círculo grande con el pincel.

—El rollo de hoy es… ¿Alguien me lo sabe decir? —dijo la *sensei*.

Nadie habló.

—¿No lo veis? —preguntó—. Esta noche es la fiesta de la contemplación de la luna.

—¡Oh! ¡Es la luna llena!

En un jarrón, bajo la luna, había una anémona del Japón y un solo tallo de hierba Eulalia.

Un sábado de diciembre, el cielo estaba plomizo y el pronóstico meteorológico había advertido que nevaría en las montañas. La *sensei* nos leyó el rollo de ese día en voz alta:

—*Rosetsu ten ni tsuranatte shiroshi.*

—¿Qué es *rosetsu?* —pregunté, incapaz de descifrar esa parte que iba antes de «se alza blanca hacia el cielo».

—La nieve que cae en diciembre —me respondió.

Fijándome de cerca, distinguí una serie de puntos pálidos esparcidos por la tela del fondo.

«¡Oh, es nieve!»

Instintivamente, cerré los ojos y me imaginé copos blancos y esponjosos arremolinándose y bailando mientras caían del cielo.

Los rollos hacían que soplara el viento, que volara el agua pulverizada, que saliera la luna y que bailaran los copos de nieve.

Yo sabía que si iba a la lección de Té, habría un momento en el que pensaría: «¡Cuánto me alegro de haber venido al final!».

Mientras practicábamos una y otra vez *o-temae* cada vez más incomprensibles, disfrutábamos de los *wagashi*, usábamos los utensilios, admirábamos las flores y sentíamos el viento o el agua que salían del rollo.

Usábamos los cinco sentidos —la vista, el oído, el olfato, el tacto y el gusto— y, además, la imaginación. Cada semana, totalmente concentradas, saboreábamos la estación del presente.

Al final, algo empezó a cambiar...

CAPÍTULO 7

CONECTA CON LA NATURALEZA CON LOS CINCO SENTIDOS

Una revelación fortuita

Otro sábado, otra lección.

Mi *invitada* se había terminado el té y yo estaba a punto de lavar el tazón.

Sumergí el *hishaku* en las profundidades de la tetera que borboteaba, cogí una cucharada generosa y, con lentitud y cuidado, saqué el cucharón humeante. Una vez que estaba justo encima del tazón de té, lo ladeé ligeramente para que el agua caliente fuera cayendo. Al melodioso chorrito lo acompañaba una nube de vapor que envolvía el recipiente de cerámica.

Después de remover el agua dentro del tazón, la vertí en el *kensui*.

—Daré el *o-temae* por terminado —anuncié, tal y como se me había enseñado.

Entonces cogí una cucharada de agua fría con el mismo gesto que antes. Metí el *hishaku* en el centro del *mizusashi*, lo saqué y vertí el agua del cucharón en el tazón de té.

Mientras el chorrito tintineante llenaba el recipiente, tuve una revelación en un fogonazo. ¡Sonaba diferente!

El agua caliente tenía un timbre suave, burbujeante.

El agua fría tenía un timbre claro, afilado, como un diamante.

Siempre me habían sonado exactamente igual. Así lo había pensado, pero, de pronto, sin razón aparente, se habían vuelto diferentes.

Y, desde ese día, siempre lo fueron.

Lluvia de junio

Era un día húmedo. Durante la temporada de lluvias costaba abrir la puerta de la *sensei* porque la humedad hinchaba los umbrales de aquella casa de madera. Dentro, las puertas correderas de papel, que en invierno estaban tan tersas, empezaban a combarse.

—¡Hola! —gritamos.

—Vaya, qué bien que hayáis venido con este tiempo —dijo la *sensei*.

Dentro de la sala podíamos oír claramente cómo caía la lluvia.

Las gotas grandes caían tan fuerte en las hojas de la aralia que sonaban como si alguien le estuviera lanzando judías secas.

El plic, plac, plic, plac continuo, como si fueran dedos tamborileando en una tienda de campaña, era el sonido de la lluvia rebotando con fuerza contra las hojas del cornejo de Japón y el follaje de las hortensias en plena floración. Parecía que estuviéramos en una selva tropical.

—Esto sí que es una buena temporada de lluvias —murmuró la *sensei* sin dirigirse a nadie en particular.

Y entonces caí en que aquel aguacero sonaba diferente a las lluvias de otoño. La lluvia de noviembre tenía un aire

96

Se llena el mizusashi *con agua fresca.*
Encima de la tana *hay un* hira-natsume *y un* hishaku.

Aguamanil de piedra.

Se usa el chashaku para poner el matcha en el tazón de té.

Sobre el tatami, a la derecha del té, está el chasen.

Chssssss.

Carbón incandescente en el ro.

Rollo colgante:
Cascada, *de Gensho Miyanishi.*

Rollo colgante: Imagen del maestro
Bodhidharma, *de Ekyo Hayashi.*

*Anémonas del Japón
en un jarrón de bambú inazuka*.*

Natsume *con decoración* maki-e:
Campo en primavera y Campo en otoño,
de Kinsa Kawabata V*.

Usucha.
*Tendría que abrirse una luna creciente
entre la nube de espuma…*

Dulces secos: Yoshino kaiko
(Nostalgia del yoshino),
Hana-akari *(A la luz de las flores de cerezo)
(Matsuya Honten; Nara y Tokio)*.*

Dulces secos: Sagano
*(Principios de otoño en Sagano).
(Tsuruya-Yoshinobu; Kioto y Tokio)*.*

Ajisai (*Hortensia*).
(*Komaki; Kita-Kamakura, Kanagawa*)*.

Hatsu-gatsuo
(*Primer bonito de la temporada*).
(*Minochu; Nagoya, Aichi*).

Ochiba (*Hoja caída*).
(*Sasama; Kanda, Tokio*).

Koborehagi (*Trébol japonés caído*).
(*Shiono; Akasaka, Tokio*)*.

(*Nagato; Nihonbashi, Tokio*).

Dulces secos: Koshi no yuki
(*Nieves de la provincia de Koshi*).
(*Yamatoya; Nagaoka, Niigata*).

La yoha-dana *durante el koicha-temae en la temporada de ro.*
El mizusashi está colocado en la balda inferior, mientras que
en la superior se exhibe un hira-natsume.
El tazón de té (izquierda) y el chaire *dentro de una bolsa de brocado (derecha)*
están alineados sobre el tatami delante del mizusashi.

desolado y melancólico cuando se filtraba en la tierra. Pero ¿por qué? La lluvia era lluvia, ¿no?

«¡Ah! Es porque las hojas están muertas… El sonido de la lluvia de junio es el sonido de las hojas tiernas repeliendo las gotas de agua. ¡Al escuchar la lluvia, puedes saber qué edad tienen las hojas!»

(Ploc, ploc, ploc, ploc.)
(Plic, plac, plic, plac.)

La estética del sonido

—Venga, levántalo un poco más cuando sirvas el agua.

La *sensei* nos reprendía por el mismo error tanto si el agua estaba caliente como fría: teníamos que dejar un espacio más o menos igual de hondo que un cucharón entre el *hishaku* y el caldero o el tazón.

La belleza visual no era el único motivo para hacerlo, nos dijo la *sensei*.

—Si viertes el agua desde esa altura, el agua suena mejor, ¿no? —nos explicó.

Era verdad que una distancia de un cucharón le daba al sonido un timbre cristalino.

—¿Veis? Es la estética del sonido —nos decía la *sensei*.

En el jardín de al lado de la sala de té, había un aguamanil hecho de una roca a la que le habían vaciado la parte central. Los días que teníamos lección de Té se llenaba de agua limpia que usábamos para purificarnos las manos y la boca. La *sensei* dejaba el grifo ligeramente abierto para que un hilillo de agua siguiera saliendo.

Cuando empezamos a aprender Té, yo pensaba que, simplemente, se le había olvidado cerrarlo, pero cuando estábamos en el momento más caluroso del verano, la oí decir:

—Hoy hace calor. Voy a dejar que corra un poco más de agua en el aguamanil.

Me di cuenta de que era una especie de banda sonora natural.

El goteo del grifo creaba un flujo continuo de ondas en la superficie del agua acumulada en la roca.

Cuando estaba inmersa en el *o-temae*, siempre tenía de fondo el murmullo de ese hilo de agua. El sonido se había colado en mi cuerpo y mi mente sin que me diera cuenta.

El riachuelo que murmura en el centro comercial subterráneo

Un día, en la estación de tren de Shinjuku, me sobrevino un dolor de cabeza terrible.

Llevaba horas dando vueltas entre el ajetreo de la ciudad después de una noche en la que no había dormido bien y estaba exhausta. El dolor era intenso. Me sentía como si alguien me estuviera apretando la cabeza con unas tenazas. Quería apartarme de la gente y descansar en algún lugar tan pronto como pudiera.

Medio grogui, bajé por unas escaleras mecánicas que llevaban a la zona de restaurantes en el sótano. Atravesé el gentío de empleados y compradores y encontré una pequeña cafetería escondida en un rincón en la que ofrecían postres japoneses de toda la vida. Coloqué a un lado las bolsas, me dejé caer en un asiento justo a la entrada de la cafetería y pedí un cuenco de *mitsuname*: fruta, gelatina de agar-agar y guisantes rojos *endomame*. A continuación me encorvé en la silla apretándome la cabeza, que parecía que me iba a estallar.

Justo cuando lo hice, el alboroto se fue alejando. Me sentí como si me hubiera metido en una burbuja de quietud. Era una sensación agradable, como si el riachuelo de una montaña fluyera en un hilo por mi cabeza y mitigara la presión de mi cerebro antes de que nada pudiera romperse. El agua transparente parecía filtrarse por detrás de mis ojos, aliviando mis nervios hechos polvo y devolviéndolos a la vida. Estaba tan cómoda que me quedé con los ojos cerrados un rato, deseando poder permanecer así para siempre.

No sé cuánto tiempo estuve hecha un ovillo. Cinco minutos, quizá diez. Cuando volví a levantar la cabeza, se me había ido el dolor. Aliviada, me comí el postre que me habían puesto delante. Me sentía relajada. En tan solo unos minutos, me había recuperado del todo como por arte de magia.

Solo me percaté del sonido cuando me levanté para irme. Al oír el borboteo de agua corriente, me volví y vi una palangana. No era de piedra hueca por el centro como la de la *sensei*, sino un recipiente de cerámica que alguien había colocado en el fregadero de servicio, debajo del grifo, para que recogiera el hilo de agua corriente. Ese era el sonido que había penetrado en mis nervios alterados, me había ayudado a relajarme y me había curado aquel terrible dolor de cabeza.

«¡Qué maravilla!»

Estaba encantada. El sonido del agua corriente tenía un efecto místico positivo.

Cuando era niña, leí una leyenda griega sobre un guerrero inmortal. Aunque había perdido muchas batallas, se recuperaba tan pronto como sus manos tocaban el suelo. Supongo que era una metáfora del efecto reparador de la naturaleza sobre los humanos.

Solo oír el sonido del agua relaja a la gente y la ayuda a olvidar la fatiga. Había encontrado una conexión con la naturaleza sin ser consciente de ello siquiera.

—¡Muchas gracias! —dije saliendo de la cafetería, recuperada.

El recuerdo de los olores pasados

También estaba el olor que un día me había llamado la atención tan pronto como había entrado en el recibidor de la *sensei*. Era un olor limpio, se podría decir que sutil, que me recordaba a una hoguera en la lejanía. Caminando por el pasillo, de pronto, tuve la revelación.

«¡Es el olor del carbón!»

Aunque había estado rodeada de ese olor cada vez que había visitado la casa y llevaba ya años yendo, nunca había reparado en él. No tenía ni idea de que el carbón tuviera su propio olor.

Un nervio olfativo dormido debía de haberse despertado de pronto.

Un día, mientras purificaba el *chasen*, reparé en un olor a humedad cuando levanté las varillas mojadas casi hasta mi nariz y me vino a la cabeza la temporada de lluvias en una vieja casa en la que habíamos vivido. Me acordé de los tablones mojados del porche cuando salía a recoger la ropa tendida antes de un aguacero inminente.

Otro día, cuando estaba a punto de levantar el *hishaku* del caldero, oí el susurro de una brisa pasajera en el jardín y el rumor de las hojas de bambú que acariciaba. Sentí una punzada repentina en el corazón. Exactamente la misma brisa había soplado el día que había llorado al oír los compases que llegaban de una fiesta no muy lejana.

Levantar la tapa del *mizusashi* de verano, con la boca ancha, me evocaba el olor a tierra del jardín sediento tras la lluvia y la sensación de euforia que se me expandía por el pecho por la anticipación de la libertad de estar de vacaciones.

Cuando cogía un grueso tazón de té de invierno con las dos manos y removía agua caliente dentro para calentarlo, regresaba a la soledad de mis años de infancia enfermiza, cuando me pasaba la mayoría del tiempo en la cama.

La lluvia, el viento y el agua: olores de hacía mucho tiempo mezclados con mis sentimientos de aquellos días aparecían de la nada antes de esfumarse.

Era como si una miríada de versiones anteriores de mí viviera en el interior de mi yo presente.

Un mapa hecho de flores

Más o menos por la misma época en la que empecé a percatarme de aquellos sonidos y olores, también comencé a ver *chabana*. Las flores para la sala de té se podían encontrar por todas partes.

Los tres o cuatro kilómetros cuadrados en los que llevaba a cabo casi todo mi día a día se transformaron una vez que me hube hecho un mapa mental en función de las *chabana* que conocía de vista. Era una forma de orientarme tanto en el espacio como en el tiempo; actuaba como un perro que hace un seguimiento de sus rivales y posibles parejas oliendo los postes de telégrafo.

En primavera, florecieron campanillas *hochakuso* en unas cuantas zonas de un montículo de tierra que había en la casa de enfrente, con cada una de las florecitas blancas colgando como una campana en un templo budista. La zona de hierba que había detrás del edificio de pisos era el hogar de una mata de *futari-shizuka*. Las pendientes de los terraplenes que se veían desde la ventana del tren estaban sepultadas bajo un mar de orquídeas de febrero de un color morado claro. Había una hilera de lirios japoneses en la valla entre nuestra casa y la de al lado. Florecían unas orquídeas llamadas *nejibana* en el terraplén que había junto al aparcamiento, y la correhuela japonesa se enrollaba por la barandilla y sus flores de un rosa pálido se abrían una después de otra.

Hasta ese momento yo pensaba que las flores se compraban en las floristerías, pero ese era solo un pedacito de un mundo mucho más grande y colorido.

El camino que cogíamos para ir a nuestra lección de Té siempre estaba lleno de flores a los lados. Cuando la época de floración empezaba a decaer, las hojas de los árboles y arbustos adoptaban unos tonos ricos. Una vez que las hojas caían, frutas de un rojo intenso o pequeños capullos empezaban a formarse en las ramas.

La *sensei* trataba el follaje otoñal como a las flores en primavera.

—Cuando las hojas están así, las llamamos *tehira*, hojas brillantes.

Hasta las ramitas sin nada más que frutos o capullos se podían exponer en el jarrón. También eran *chabana*.

Qué visión tan reducida de lo que eran las flores había tenido.

No existía una estación del año sin *chabana*. No había ninguna temporada aburrida.

CAPÍTULO 8
—

TIENES QUE ESTAR AQUÍ, AHORA

En el limbo

Habían pasado tres años desde que había terminado la universidad, justo en medio de lo que llamaban «la edad de hielo del empleo» para las mujeres con carrera universitaria. Gracias a los contactos que tenía una conocida, había conseguido un trabajo a tiempo parcial como reportera y redactora para una revista semanal mientras esperaba encontrar un puesto en una editorial.

En la revista no tenía una mesa de trabajo y no formaba parte de la plantilla, pero tampoco era una colaboradora externa. Estuve en el limbo durante años. Algunas personas me decían a la cara que estaba desperdiciando la vida trabajando durante tanto tiempo en un puesto temporal.

Cuando quedaba con antiguas compañeras de clase que habían encontrado trabajos indefinidos en alguna empresa, me decían que querían dejarlo y se quejaban de los jefes horribles y del trabajo agotador o, simplemente, aburrido. Sin embargo, a mí me parecía que aquellos eran problemas de gente que ya había encontrado su sitio en alguno de aquellos edificios de oficinas enormes en el corazón de la metrópolis.

Se había desatado una avalancha de bodas y nacimientos en mi grupo de amigas. Algunas se habían mudado fuera del país por los trabajos de sus maridos. Otras intentaban desesperadamente compaginar el trabajo con crear una familia. Todo el mundo había zarpado en el océano de la vida.

Los cambios entre las asistentes a las lecciones de Té también se habían intensificado. Yumiko lo había dejado después de graduarse en la universidad y casarse con un compañero de clase, y la señora Tadokoro, la policía, había dejado de asistir porque estaba a punto de tener un bebé. Se nos unieron dos mujeres jóvenes cuyos maridos se habían trasladado a Yokohama por trabajo, pero las dos desaparecieron en un año o dos, una por un embarazo y la otra porque habían vuelto a trasladar a su marido. Para las mujeres, la veintena era una época muy agitada.

Michiko había estado allí conmigo desde el principio, pero dos años después de terminar la carrera y entrar a trabajar en una compañía de comercio exterior, dejó el trabajo y volvió al campo, porque sus padres estaban ansiosos por empezar a presentarle posibles futuros maridos.

Mientras todo el mundo a mi alrededor iba acumulando los hitos de la vida adulta —el primer trabajo, el matrimonio, el primer hijo—, yo seguía avanzando a duras penas, incapaz de conseguir un trabajo a tiempo completo. En casa, mis padres me insistían, día sí, día también, en que, si no iba a encontrar un buen trabajo, por lo menos debería dejar que se pusieran manos a la obra para encontrarme un pretendiente serio.

En la universidad, estaba decidida a ser independiente y tener una carrera profesional para toda la vida, pero había terminado siendo una doña nadie. Hasta el trabajo a media jornada que tenía en la revista podía esfumarse en cualquier momento.

Me sentía como si fuera la única cuya vida no había empezado de verdad. El cronómetro seguía avanzando, pero yo ni siquiera era capaz de encontrar la línea de salida. El suelo bajo mis pies parecía inestable, como si fuera por la vida con patines. Era presa de una necesidad exasperante de hacer algo, como alguien que va en un tren en marcha y está tan impaciente por llegar a su destino que no puede quedarse sentado y salta por la ventana para ir corriendo.

A mí también me dominaban las ganas de levantarme y salir corriendo, pero no sabía qué dirección tomar.

Durante aquellos días de frustración, las lecciones de Té seguían siendo tan sosegadas como siempre. Aprendí a usar utensilios cada vez más formales, empezando por el estudio del *karamono o-temae* a los tres años y del *daitenmoku* a los cinco.

En el *karamono o-temae*, el té espeso se guarda en un tarro de farmacia de origen chino o del sureste asiático. *Karamono* significa, literalmente, «cosas de sabor fuerte», en referencia a los productos chinos. Ni a un rey se lo trata mejor que a ese botecito. En el *daitenmoku*, debajo del tazón de té de estilo *tenmoku*, esmaltado con hierro y con un pie pequeño, se coloca un soporte o *dai* para que el tazón no toque el tatami.

Yo nunca en la vida iba a preparar té para invitados reales con unos utensilios tan formales.

«¿Para qué sirve practicar si nunca voy a hacerlo en la vida real?»

A pesar de mis reservas internas, la *sensei* era rigurosa en su instrucción.

—No, no, no. Ahora el pulgar pasa sobre el *chaire* —me decía—. Mal. Pasa por encima, desde el otro lado... Sí, así. Vuelve a intentarlo, por favor.

Aunque yo nunca fuera a llevar a cabo aquella preparación, la *sensei* no me dejaba mover incorrectamente ni un solo dedo.

Yo estaba desesperada porque mi vida se pusiera en marcha. Mi exasperación iba aumentando a medida que pasaban los sábados: «Uf, otra vez Té».

No era momento para pasarse una tarde de descanso arrodillada y batiendo té. Estaba impaciente por seguir adelante y sentía que el Té me estaba frenando a la hora de progresar. Pasarme horas sentada sin moverme mientras todo el mundo avanzaba sin parar me parecía una gran pérdida de tiempo.

Cometía un error tras otro porque me fallaba la concentración. Confundía la parte de delante y la de atrás de los utensilios y me olvidaba de volver a meter en el pliegue del kimono el *dashibukusa*, el pañuelo de seda que usaban los invitados cuando bebían té espeso. No era capaz de encontrar la paciencia necesaria para esperar a que cayeran por su propio peso las últimas gotas de agua del *hishaku* vacío. Cuando el cucharón pasaba del *mizusashi* al caldero y volvía, iba dejando caer gotas constantemente y mojaba el tatami.

—Te has ido a algún sitio, ¿verdad? —dijo la *sensei*.

Yo la miré inquisitivamente, no muy segura de adónde quería llegar.

—Es el mal de ser joven, no hay manera de concentrarse —murmuró como si hablara sola. Entonces me miró y dijo—: Tienes que estar aquí.

Sin entenderla, me quedé en silencio.

—Cuando te sientas delante de la tetera, debes estar delante de la tetera.

Ponle todo tu empeño

—No me importa que cometáis errores, pero no podéis ser descuidadas. Tenéis que ponerle todo vuestro empeño a cada pequeño movimiento —nos dijo la *sensei* en una ocasión.

Yo la miré escéptica. ¿Cómo se puede saber si has puesto todo tu empeño en algo? Es un concepto abstracto, no es como poner arroz en un cuenco, el cual puedes mirar y decir: «Sí, ahí está todo». Sin embargo, la *sensei* siempre nos enseñaba exactamente cómo poner todo nuestro empeño en el *o-temae*.

Por ejemplo, podía decirnos:

—Aunque se supone que tenéis que alzar el tazón de té y el recipiente del *usucha* a la vez, intentad que el recipiente del té se levante de la esterilla una fracción de segundo antes que el tazón.

O:

—Ah, mira, cuando cojas el *hishaku* así, no lo pongas paralelo al tatami. Baja la punta muy ligeramente. De esta forma parece más elegante. No, así está demasiado baja… Sí, eso es. Bien.

O:

—El *usucha* se bate, pero cuando se trata de *koicha*, hablamos de mezclarlo. Cuando se mezcla el té espeso, es como añadir pigmentos minerales para hacer pintura. Escuchad al té, os dirá cuánto lo tenéis que mezclar.

Hay quien dice que Dios está en los detalles. El Té era una gran obsesión por innumerables detalles.

Si te esforzabas en cada uno de ellos a medida que tu *o-temae* progresaba, empezaban a reclamarte atención: «¡Oye! Esto hay que hacerlo un instante antes», «Baja un poco la punta del *chashaku*», «Mezcla, no batas». Sentía que era consciente de todos y cada uno de los movimientos de mi cuerpo.

—Ahora intenta mezclar el *koicha* escuchándolo —me dijo la *sensei*.

Vertí un poco de agua caliente en el tazón de té y, poco a poco, fui añadiéndola con el batidor de bambú. Sentí las varillas algo pesadas, como pies atrapados en el barro.

«¿Es esto lo que quería decir la *sensei* cuando habló de mezclar pigmentos minerales?»

Después de cuatro o cinco trazos con el batidor, el aroma rico y herboso característico del té *koicha* me llenó las fosas nasales.

«¡Vaya, se acaban de despertar las hojas del té!»

La fragancia salió como una explosión del tazón de té, como si se hubiera desencadenado una reacción química.

Cada mes de mayo las hojas se arrancan y se procesan antes de almacenarlas en tarros de cerámica que se sellan para que se desarrolle el sabor con tanto cuerpo del té. Unos seis meses después, en noviembre, se rompe el cierre y se muelen las hojas con un molino de piedra hasta convertirlas en un polvo de color verde vivo.

Me imaginé que ese aroma era una señal de que el contacto con la luz y el agua había despertado las hojas de té de su hibernación de medio año en el tarro.

Seguí mezclando. Entonces llegó un momento en el que las varillas del *chasen* de pronto se volvieron más ligeras a medida que removía. Reparé en que el *matcha* y el agua eran, al principio, dos sustancias separadas, pero ahora habían combinado sus moléculas y se habían convertido en té. Parecía que los cambios sutiles en las sensaciones que se transmitían a través del *chasen* me habían permitido saber lo que estaba pasando en el mundo microscópico.

«Os escucho, ahora os doy un poco más de agua caliente.»

Dejé el *chasen* apoyado en el lado izquierdo del tazón y puse más agua caliente. Después de hacer algo menos espeso el *matcha* viscoso con el agua extra, seguí añadiendo los dos elementos con los movimientos del *chasen*.

La sensación de resistencia de las varillas de bambú cambió de nuevo y, de pronto, se volvió más pesada. Una especie de viscosidad apareció entre la fluidez del té. De algún modo, la superficie del té espeso había adoptado un brillo apetecible, como el de la miel.

Me di cuenta de que había completado la tarea en silencio. Sentada delante de la tetera, me había volcado por completo y de corazón en la sensación de mezclar el *matcha* para preparar aquel tazón de té.

Poco antes había estado tan inquieta por estar invirtiendo mi tiempo en el Té que casi había salido corriendo de la sala. Ahora, la impaciencia se había evaporado sin que me hubiera dado cuenta.

No me había ido a ningún otro sitio. Había estado presente. Al cien por cien.

El rollo de Daruma

Un sábado a la hora de comer, el día anterior a mi enésima prueba de admisión para trabajar en una editorial, llamé a la *sensei*.

—*Sensei*, me temo que hoy me tendré que saltar la lección.

Ella ya sabía el motivo.

—Tienes la prueba mañana, ¿verdad? No pasa nada, mucha suerte. —Yo estaba a punto de colgar el teléfono cuando la *sensei* añadió—: Ah, Noriko, si quieres hacer un descanso para el té cuando estés estudiando, no dudes en pasar por mi casa.

No me pude concentrar en absoluto aquella tarde. A esas alturas, ¿qué iba a cambiar con un libro de preguntas sobre actualidad o una prueba de transcripción? Estaba aún más inquieta de lo que solía estar.

Siempre había pensado: «Si no tuviera que ir a Té, podría hacer algo más útil con mi tiempo», pero ahora que me había saltado la lección, me encontraba perdida.

«Para esto, podría haber ido a Té.»

De pronto, me vinieron a la mente las palabras de la *sensei*: «Si quieres hacer un descanso para el té cuando estés estudiando, no dudes en pasar por mi casa».

Ya era tarde. Quizá la lección ya había terminado. Sin pararme a coger el papel *kaishi* ni el palillo para dulces, salí corriendo a casa de la *sensei*.

—¡Holaaa! *¡Sensei!*

Cuando abrí la puerta del recibidor, casi sin aliento, vi que, en efecto, la lección había terminado. La casa estaba en silencio y no había ni un solo par de zapatos en la entrada.

—¡Vaya, hola!

La *sensei* asomó la cabeza, pero no por la puerta de la sala de té, sino por la del jardín que había al lado de la casa, donde había estado regando las flores.

—¿Llego demasiado tarde? —pregunté.

—En absoluto —respondió la *sensei*—. Pasa, prepararé un poco de té.

En la sala de té, iluminada con luz tenue y, ahora, sin estudiantes, la tetera silbaba y sacaba vapor. ¿Me había estado esperando la *sensei*?

Entré en la sala como siempre hacía y miré el *tokonoma*.

Allí colgado había un rollo que no había visto antes: una pintura hecha con tinta negra de la figura barbuda de Daruma, el monje también conocido como Bodhidharma, de quien se dice que fundó el budismo zen. Me miraba con el ceño fruncido y sus ojos grandes y redondos.

¿Por qué habría elegido ese rollo ese día la *sensei*?

La miré a la cara buscando una respuesta.

—Me preguntaba qué podía colgar hoy —me dijo—, y, como tienes esa prueba importante mañana, he decidido que una mirada de Daruma te podría ir bien. Bueno, sigamos, ahora cómete el dulce.

Se me había formado un nudo cálido en la garganta que me dejó incapaz de responder. Mientras las lágrimas me inundaban los ojos y me nublaban la vista, hice una reverencia apresurada levantando el plato con el dulce en señal de agradecimiento.

En parte a causa de una larga tradición de juguetes tentetiesos con sus rasgos, Daruma se asocia con el dicho «Cae siete veces, levántate ocho». Su imagen representa la capacidad de volver a ponerse en pie después de una adversidad y la esperanza de un cambio de fortuna a mejor. Quizá, aquel día, también supuso una revelación.

El rollo del *tokonoma* siempre refleja la estación del año, pero hay más estaciones aparte de la primavera, el verano, el otoño y el invierno. También están las estaciones de nuestra vida.

Ese día, la *sensei* había sido muy amable al colgar un rollo que coincidía con un momento personal decisivo para mí. Con la puesta de sol, las sombras se alargaban en la sala de té, la tetera silbaba y soltaba vapor.

CAPÍTULO 9

DALE TIEMPO Y DEJA QUE LA NATURALEZA HAGA EL RESTO

Desamor

Mi prima Michiko se casó con un médico que era dueño de un hospital en el noreste rural de Japón. Tanto la *sensei* Takeda como yo asistimos a la fastuosa boda. Después de eso, Michiko tuvo varios hijos muy seguidos y la familia la absorbió por completo.

Yo, por mi parte, terminé siendo autónoma y escribiendo artículos cortos para semanarios, además de empezar a escribir artículos más largos en revistas para mujeres. Sin que me diera cuenta, habían pasado cinco años y el mundo que me rodeaba estaba lleno de gente que hacía lo mismo que yo. El término *escritor free lance* empezó a ganar popularidad en Japón y mi frustración anterior por ser la única cuya vida aún no había empezado se fue desvaneciendo poco a poco.

Cuando tenía veintisiete años, me prometí con un hombre con el que llevaba varios años saliendo. Solo quedaban dos meses para la boda cuando me enteré de su infidelidad.

Fue un golpe repentino, como un rayo que sale de la nada y te alcanza. Lloré a mares en el andén de la estación sin hacer caso de los que me rodeaban. Ni la muerte de mi prometido me habría chocado tanto.

Si me limitaba a aceptar lo que había pasado y me casaba con él de todos modos, podía evitar causar problemas a la gente que me rodeaba y hacer daño a mis padres, que estaban ilusionados por ver a su hija casarse por fin. Tenía la feliz vida de casada, como la llamaba la gente, al alcance de la mano.

Pero una vez que brotaron las semillas de la desconfianza, todo empezó a torcerse. Me era imposible casarme con él después de lo que había pasado.

Cuando decidí romper el compromiso, mi padre me pareció triste y cansado, mientras que mi madre, simplemente, escondió la cara en las palmas de las manos.

Todos los días me preguntaba: «¿He hecho lo correcto?». Lo pensaba con detenimiento y, al final, concluía que no había tenido más remedio, pero media hora más tarde me volvían a invadir las mismas dudas. Debí de repetir esa conversación interna conmigo misma cientos de veces.

La sensación de pérdida que tenía era inmensa. Cada día sentía el dolor muy vivo, como si alguien me rascara la piel con un bloque de hormigón. En poco tiempo caí en un profundo pozo de desesperanza. Sentía el cuerpo pesado como si me hubieran puesto sacos de arena y no conseguía reunir la energía para salir del pozo. De pronto, sentía que me ahogaba e intentaba coger aire con desesperación hasta que conseguía recuperar el aliento. Mental y físicamente, me sentía como un cascarón vacío.

A finales de 1983, empezó el invierno más largo y duro que he tenido que vivir. Sabía que tenía que recuperarme, pero estaba perdida, no veía la salida. Tan solo esperé pacientemente a que pasara el tiempo.

«Cuando llegue la primavera, hará más calor. El sol brillará con más fuerza. Puede que entonces me sienta mejor.»

El invierno más largo y severo

Con todo el alboroto de romper el compromiso, dejé de ir a las lecciones de Té durante una temporada. La *sensei* sabía lo que había pasado. Cuando volví a la sala de té un mes después, nadie me preguntó nada.

Nuestro grupo de estudio del Té tenía una relación bastante curiosa y algo diferente a la amistad. Hablábamos de nuestra vida privada, pero no teníamos una relación cercana. Cada semana llegábamos a la sala de té una por una, nos turnábamos para practicar el *o-temae*, beber té y hablar de los utensilios y de los dulces con diálogos breves:

—Pues creo que no habíamos probado este dulce todavía, ¿no?

—Sí, la *sensei* nos lo dio el año pasado.

Cuando terminaba la lección, limpiábamos la *mizuya* entre todas. Cada vez que cruzábamos una calle o pasábamos por una estación, una de nosotras se iba por un camino diferente al de las otras y nos despedíamos con un sencillo «Nos vemos la semana que viene».

Todas debían de conocer mi situación, pero todo estaba exactamente igual que siempre. Tener ese tipo de relación me ayudó mucho.

En enero, floreció el avellano de bruja japonés del jardín de la *sensei*. Eran las flores cuyo nombre, según me había explicado la *sensei*, derivaba de la expresión *el primero en florecer*.

—En el calendario tradicional, hoy es *daikan* —dijo el presentador de las noticias en la televisión—, el día más frío del año.

«Hemos tocado fondo», me dije. «A partir de ahora, el tiempo mejorará.»

Cuando se acercaba la fiesta del Setsubun, a principios de febrero, fui a la lección de Té y encontré en el *tokonoma* otro rollo que me era desconocido.

—¿Sabéis lo que dice? —nos preguntó la *sensei*.

Ninguna respondió.

—Significa «los sabios pueden superar cualquier adversidad», pero los caracteres también se pueden pronunciar como *fuku wa uchi*, es decir, «que entre la buena fortuna» —nos explicó riendo por el juego de palabras estacional.

La *sensei* había traído una medida de arroz llena de semillas de soja tostadas, que se tiraban tradicionalmente en el Setsubun al grito de «¡Fuera los demonios, que entre la buena fortuna!». Y cuando bebí mi último trago de *usucha*, apareció la cara alegre de la diosa Otafuku en el fondo del tazón de té. El *natsume* con un lacado negro estaba decorado por la parte exterior con un dibujo que llevaba por nombre *Campo en primavera*. Dibujados con oro en polvo, había violetas, dientes de león, lotos y cola de caballo.

—Setsubun es «el día que separa dos estaciones» —nos dijo la *sensei*—. Mañana es *risshun*, lo que significa que nos acercamos a la primavera.

El calendario tradicional divide el año en veinticuatro periodos según la posición del Sol. Algunos —como el *risshun*, el inicio de la primavera— simplemente llevan el nombre de su posición dentro de las cuatro estaciones principales, mientras que otros tienen nombres que describen los fenómenos de la estación. *Daikan* significa «gran frío», y *usui* hace referencia a la vuelta de la lluvia después de la nieve. El Setsubun marca la barrera entre el invierno y la primavera, se encuentra entre el último día de *daikan* y el primero de *risshun*.

Antes me parecía que los nombres estaban desincronizados con las estaciones reales. Por ejemplo, cuando alguien mencionaba el *risshu*, el primer día de otoño, yo pensaba: «¿Otoño? Pero si estamos a principios de agosto. ¡Estamos en pleno verano!».

El calendario tradicional no me parecía más que una reliquia del pasado.

Sin embargo, ahora pensaba en los nombres como letreros indicadores. Las palabras Setsubun y *risshun* me alegraban, me recordaban que pronto llegaría la primavera. El calendario parecía una representación poderosa de las ganas de todos los seres vivos de que volviera la primavera.

Oí que los ciruelos habían florecido en el balneario de Atami. Los primeros vendavales del sur recorrieron el país, trayendo ráfagas de aire caliente que parecían anunciar la estación de los nuevos comienzos. Sin embargo, el año no avanzaba en línea recta.

Justo cuando habíamos guardado los jerséis y disfrutábamos de una racha de buen tiempo, una ola de frío nos volvía a mandar a las profundidades del invierno. Cuando la primavera parecía retirarse lejos, yo me quedaba abatida. Las estaciones tenían un tira y afloja constante.

Mis emociones eran un reflejo de las estaciones. Una y otra vez, justo cuando conseguía avanzar con dificultad hacia días mejores, el viento cambiaba y me dejaba fuera de combate.

Cuando, un año más, desaparecían de la vista las muñecas del Festival de las Niñas y las flores de melocotonero de principios de marzo, empezó a caer una lluvia tibia. Las ranas comenzaron a despertar de la hibernación. La colza floreció. Una tarde, cuando ya se había puesto el sol, la fragancia dulce y cítrica de las dafnes empezó a flotar por las calles oscuras.

Y entonces llegó el equinoccio de primavera.

«He llegado hasta aquí, me pondré bien.»

Saqué una planta que tenía en una maceta dentro de mi habitación a la terraza, donde le daría el sol de primavera todo el día. Unos pocos días después cayó una fuerte nevada por gran parte del este de Japón. Justo cuando pensaba que el invierno se había acabado por fin, una nevada había sido suficiente para acabar con la planta de la terraza. Me di cuenta de lo difícil que es para los seres vivos sobrevivir al invierno.

«Nuestros antepasados también debieron de ver sus sentimientos reflejados en las estaciones cuando se esforzaban por sobrevivir al invierno», pensé. Contar las estaciones cortas (Setsubun, *risshun*, *usui*) debía de darles ánimos y ayudarles a seguir adelante en los momentos más duros de sus vidas a pesar de las adversidades que suponían los regresos repetitivos y molestos del invierno.

Quizá por eso los *chajin* se tomaban tantas molestias por celebrar todos y cada uno de los acontecimientos y fiestas de las estaciones.

Por primera vez en la vida sentí que entendía la verdadera esencia de las estaciones.

Las flores nunca me habían emocionado tanto como lo hicieron aquella primavera. Volvía a ser yo, pero tuvo que pasar otro invierno para que la risa libre y natural surgiera de nuevo. El verano después de cumplir veintinueve años, me enamoré en secreto.

Con treinta, escribí mi primer libro. El día que recibí la primera prueba de imprenta se la enseñé al objeto de mis afectos.

—Hay que celebrarlo —me dijo—. Demos un paseo bajo las flores de cerezo y la luz de la luna.

Paseamos cogidos de la mano por la orilla del foso del Palacio Imperial en Chidorigafuchi, donde las flores de los árboles —y los días de pícnic— ya no estaban en su momento álgido. Cada ráfaga de viento levantaba una ventisca de pétalos de color rosa pálido que se arremolinaban. Yo estaba tan feliz que rompía a reír cuando nos caía un chaparrón de pétalos encima. Y cada vez que me reía, me caían las lágrimas como la lluvia. No creía que los días como aquel fueran a volver.

CAPÍTULO 10

LAS COSAS ESTÁN BIEN COMO ESTÁN

Hitomi

Ya era una treintañera. De pronto estaba muy atareada con el trabajo, y mi vida consistía en entrevistar a una persona tras otra y escribir artículos bajo la sombra amenazadora de las fechas de entrega.

Tenía que saltarme el Té con más frecuencia que antes, pero cuando iba me esperaban dulces deliciosos y un tazón de té caliente en la misma sala llena de olor a carbón y con el sonido del agua cayendo en el aguamanil de piedra del jardín.

En aquella época había tres estudiantes más en las lecciones de los sábados por la tarde: Sanae, que ahora trabajaba de secretaria; una estudiante universitaria cuyo apellido era Fukuzawa, y Yukino, otra mujer treintañera que era familiar de la *sensei*. Yo había estado yendo más tiempo que nadie, pero hasta la más nueva del grupo, la señorita Fukuzawa, llevaba tres años aprendiendo.

En mi décimo año de estudio del Té, se nos unió una chica de quince años. Apareció en la lección con el uniforme del colegio, porque volvía a casa de las clases del sábado por la mañana. Bajo una frente pálida enmarcada por una pelusilla, tenía las mejillas suaves e inmaculadas algo rosadas por los nervios.

—Estoy muy contenta de poder estudiar con todas vosotras —dijo con una pequeña reverencia que hizo que se le moviera la coleta.

Se llamaba Hitomi y parecía la protagonista de un manga para chicas adolescentes. Debido a su constitución menuda, aparentaba aún menos años. Daba la sensación de que centelleaban estrellas en sus vivos ojos castaños.

—He querido estudiar Té desde que lo vi en la tele —nos dijo con los ojos brillantes—. Estaba decidida a aprender una vez que entrara en el instituto.

A mí me sorprendió que la cultura del Té le resultara siquiera interesante a una chica de quince años en aquella época.

Cuando la *sensei* le pidió a Sanae que le mostrara a Hitomi cómo doblar la *fukusa*, Sanae obedeció y se lo enseñó a nuestro último fichaje muy detalladamente.

—Tendré que ir con mucho cuidado —dijo bromeando—, ¡sería terrible que Hitomi aprendiera de mí malos hábitos!

Nuestra ingenua novicia se convirtió en una especie de mascota de la clase.

Hitomi tuvo que aprenderlo todo desde cero como yo, empezando por cómo abrir y cerrar la puerta y caminar por el tatami. Por los nervios, movió los brazos hacia delante y hacia atrás a la vez que las piernas mientras intentaba cruzar el tatami en seis pasos. Nos reímos a carcajadas y se le puso la cara roja como un tomate. Sus reverencias eran tensas y robóticas. Después de su primer *o-temae*, claramente adivinando el largo camino que tenía por delante, contuvo las lágrimas y dijo:

—Me pregunto si algún día podré hacerlo con soltura.

—Nosotras nos reímos. Ella se encogió por una punzada de dolor y dijo—: No puedo moverme... ¡Se me han dormido los pies! —Volvimos a reír.

Se quedaba maravillada ante cualquier detalle de la sala de té.

—¡Vaya! ¡Nunca había visto un tazón de té tan bonito!

—Y—: ¡Oh, que *mizusashi* tan hermoso! —Y las estrellas le centelleaban en esos ojos grandes y redondos.

Se dice que la gente absorbe conocimientos como una esponja, y así era exactamente como aprendía Hitomi, empapándose a un ritmo constante de todo lo que se le enseñaba. Tenía algo en su interior que iba más allá de la obediencia. Escuchaba las amonestaciones de la *sensei* con una expresión dolorosamente seria y observaba con atención cuando las demás llevábamos a cabo el *o-temae*, incluso después de haber hecho ella el suyo. Si veía un movimiento elegante, se inclinaba hacia delante y nos decía:

—¿Me podrías mostrar eso de nuevo?

Y, entonces, practicaba la acción.

Al observar a Hitomi absorta en su *o-temae*, la *sensei* murmuró:

—Verla me recuerda a un dicho: «La gente se vuelve mejor en lo que más le gusta».

Talento innato

El *o-temae* entusiasta y algo incómodo de Hitomi pronto se volvió más refinado.

—Hitomi, me gustaría que batieras un tazón de *usucha* para cada una de nosotras —le dijo un día la *sensei*.

Hitomi aceptó su petición con un *hai* y desapareció en dirección a la *mizuya*. Pronto se abrió la puerta y Hitomi reapareció con el tazón de té y el *natsume* en la mano. Empezó el *o-temae* como solía hacerlo, dejó el *hishaku* sobre el *futaoki* con un ¡clac!, puso ambas manos sobre el tatami delante de ella e hizo una reverencia.

Yo me quedé atónita. La forma de su cuerpo era, por decirlo de algún modo, más definida, como si hubieran levantado un fino velo. Sus hombros y brazos, que habían estado tensos y rectos, ahora tenían una curvatura más natural que caía con suavidad hasta las manos. Su agilidad al inclinarse se me quedó grabada en las retinas.

Sentí que sus movimientos atraían inexorablemente mi mirada. Sus dedos finos y cuidadosos les daban a sus gestos una expresión delicada cuando giraba y levantaba el *chasen*. No estaba tan solo reproduciendo una serie de acciones que le habían mandado, sino que sus movimientos parecían fluir con tanta facilidad como la sangre por sus venas. Envolviendo cuidadosamente el tazón de té con las dos manos como si quisiera calentar y proteger la fuerza vital que había en su interior, hizo girar el agua caliente por el tazón con gracia y sin prisa. Su postura era hermosamente recta. Aquella estudiante de instituto mostraba la seguridad de una mujer adulta.

Nadie dijo una palabra. La tetera, hirviendo, silbaba. El ambiente era intenso y nosotras estábamos allí sentadas, cautivadas.

«Ojalá pudiera quedarme así para siempre», pensé.

Tenía la sensación de que las demás pensaban lo mismo.

«Así que esto es lo que llaman talento innato.»

Todo el mundo puede cantar en un karaoke, pero pocas personas pueden hacer que se te erice la piel y te broten las lágrimas. Cocinar es igual. Cualquiera puede cocinar algo que sacie tu estómago, pero no mucha gente puede preparar una comida tan buena que, además, te llene el corazón.

Hitomi agitaba el *chasen* hacia delante y hacia atrás y producía un sonido como el de un riachuelo que corre. A continuación, poco a poco y con cuidado, dibujó la espiral del carácter hiragana *no* y levantó el batidor del tazón. Yo acepté el tazón humeante, me lo coloqué delante de las rodillas e hice una reverencia.

—Gracias por el té que has preparado —dije recitando la frase protocolaria. A continuación levanté el tazón hasta la altura de los ojos como gesto de gratitud al té.

Una gran luna creciente se abrió paso entre la nube de espuma que cubría el líquido de jade. Giré el tazón. Un aroma verde subió con el vapor y pasó por mis fosas nasales para iluminarme la mente como si fuera un rayo de sol. Me bebí el *usucha* caliente en tres tragos, apurando el tazón con un suave sorbo al final. El regusto que me quedó en la lengua primero fue dulce, luego, ligeramente amargo y, al final, refrescante.

Creo que Hitomi no se daba cuenta de que tenía un don para el Té. Sin embargo, lo sepan o no, las personas que están inmersas en una actividad que deja ver su talento tienen un efecto en todos los que les rodean.

Como una corredora que se aleja como un rayo del pelotón en una maratón, el *o-temae* de Sanae se volvió, de pronto, extraordinariamente bello. Cada gesto de sus manos transmitía una sensación de frescura. La tensión de sus hombros se desvaneció y estos adquirieron una caída más femenina. Se podía ver que estaba cómoda y confiaba en que sus manos se movieran de forma natural en lugar de pensar con la cabeza.

Con el tiempo, otra de nosotras se escapó del pelotón. Esta vez fue la señorita Fukuzawa, la estudiante universitaria. Si antes parecía letárgica cuando andaba por el tatami, ahora irradiaba un estado de alerta de la cabeza a los pies. El *hishaku* trazaba un bonito arco cuando sacaba agua caliente de la tetera.

De pronto, todo el mundo maduró.

Falta de confianza

Inspirada por las increíbles metamorfosis de las otras estudiantes, yo me tomé más en serio mi propio *o-temae*, prestando atención a cada movimiento, pero, como siempre, no tenía ni idea de lo que estaba haciendo.

Si la *sensei* me decía: «Me gustaría que hicieras un *sumi-temae*, señorita Morishita», yo respondía: *«Hai»*, y alimentaba el carbón como había aprendido.

Si me mandaba que hiciera un *koicha o-temae*, yo contestaba: *«Hai»*, y llevaba a cabo la preparación del té espeso.

Si me decía: «Ah, mira, deberías hacer eso con la mano izquierda, no con la derecha», yo respondía: «Oh, disculpe», y corregía el error inmediatamente.

Y, entonces, el momento pasaba.

Pero ¿qué era el *sumi-temae*? ¿Qué eran el *koicha-temae* y el *usucha-temae*? Yo practicaba los procedimientos, pero no entendía qué eran. Y no sabía decir exactamente qué era lo que no comprendía.

Era como tener todos los elementos para la decoración de una casa sin tener la estructura misma del edificio. El color del papel pintado, las lámparas y las cortinas ya estaban escogidos, pero faltaban los elementos estructurales de la casa: no había cimientos, ni pilares, ni paredes, ni pasillos… Nada. Los muebles estaban flotando en el vacío.

No servía de nada decirme: «Es que si pones la puerta del salón aquí, tapas la cocina», o: «¡Oh, no! ¿Cómo vamos a entrar en el dormitorio?». Para mí, eso no significaba nada.

No había pensado en cómo iban a comunicarse unas habitaciones con otras. Ni siquiera sabía que estaba construyendo una casa…

Esa era la razón por la cual, a pesar de que había estudiado el Té durante más de una década y estaba aprendiendo procedimientos avanzados como el *karamono* y el *daitenmoku*, había tantas cosas completamente básicas que no sabía todavía. Cometía los mismos errores una y otra vez. La *sensei* hasta suspiraba y me decía:

—Cuando yo era joven y estudiaba Té, una de las otras estudiantes de mi maestra nunca le daba a la *sensei* la ocasión de corregirla una segunda vez. Con una le bastaba. Tienes que empezar a tomártelo con la misma seriedad que ella.

Pero yo seguía dándole motivos para reñirme por lo mismo una y otra vez hasta que ella no podía soportarlo más y soltaba una de sus frases favoritas:

—¡Es como si todo lo que te enseño te resbalara! ¡Estoy tan enfadada que no tengo palabras!

Por descontado, yo no era la única que tenía ese problema. Todo el mundo se equivocaba y recibía reprimendas cada semana, pero, simplemente, bajábamos la mirada, nos disculpábamos y seguíamos adelante de todos modos.

No obstante, con el tiempo dejé de verle la gracia.

Habían pasado trece años desde que había empezado a aprender Té. Pronto llegaría al nivel *bonten*. En nuestra tradición de Té, el *o-temae* más avanzado que llevan a cabo los hombres es el *sin-no-daisu*, en el cual los utensilios se colocan sobre un estante ceremonial lacado en negro y llamado *daisu*. Para las mujeres, el nivel más alto de *o-temae* es el *bonten*, una preparación que implica trabajar con un *chaire* especialmente valioso de origen chino que se coloca sobre una bandejita.

Por lo menos Hitomi y Fukuzawa me veían como una *chajin* veterana.

—Señorita Morishita, hoy solo necesitamos un *futaoki* de bambú, ¿verdad?

—Creo que así está bien, pero... —respondí, y se me fue apagando la voz por la incertidumbre.

Entonces, Hitomi, que tenía menos años y menos experiencia que yo, apareció a mi lado con la respuesta correcta:

—Hoy el *futaoki* estará en una *tana*, así que tendría que ser de cerámica, ¿no?

Yo, abatida, bajé la mirada al suelo de la *mizuya*. Cada vez que alguien me preguntaba algo, me sentía obligada a esconder mi falta de confianza.

Aunque había ido a muchos *chakai*, siempre me quedaba petrificada cuando tenía que ayudar en uno. A diferencia de en una lección, no podía consultarle a la *sensei* cada pequeño detalle. El corazón se me salía por la boca cada vez que me tocaba llevar a cabo el *o-temae*. Como se trataba de grandes encuentros públicos, era consciente de que no podía dar un paso en falso, pero cuanto más me preocupaba por eso, más nerviosa me ponía, de modo que terminaba cometiendo errores increíblemente básicos uno detrás de otro.

Dicen que se puede conocer el carácter de una persona por las decisiones que toma cuando solo tiene una fracción de segundo para decidir. Yo sabía que las mías no me ayudarían en nada, por lo que me ponía a temblar sobre los calcetines *tabi* cada vez que alguien me preguntaba algo.

Quizá, simplemente, no estaba hecha para el Té.

Si soy sincera, esa idea ya se me había pasado por la cabeza antes. El Té era un mundo lleno de normas, pero había veces en las que la adaptabilidad y la perspicacia eran indispensables. Tenías que entender las situaciones, esperar un segundo más hasta que alguien moviera ficha o decidir al instante cuál de las dos cosas que había que hacer tenía prioridad o apartar algo antes de que se convirtiera en un obstáculo más adelante. Estas decisiones improvisadas que se salían de las reglas le daban a la gente la oportunidad de mostrar su dominio.

Sin embargo, ahí es donde yo cometía la mayoría de mis errores. Había sido meticulosa a más no poder desde la infancia y había hecho todo lo que había podido para seguir las normas. Me faltaba la serenidad para ver las situaciones en su conjunto y la flexibilidad para hacer las cosas por intuición. Tenía la visión tan reducida como la de un caballo que tira de un carro y trota por un camino recto sin siquiera echar un vistazo a los lados. Solo pensaba en lo que estaba haciendo y, después de tres décadas, esa torpeza había pasado a formar parte de mi carácter.

Al escuchar a la gente hablar de la consideración por los demás como un don que les venía de forma natural y no como algo que tenían que aprender, me sentía como si no tuviera lo que el resto del mundo tenía, como si me faltara el apéndice.

Me lo tomé en serio, como una deficiencia por mi parte. Era una especie de complejo que tenía. Me sentía tan indefensa ante mi meticulosidad desmedida que me abandoné a la depresión.

Envidiaba a la gente considerada.

La que demostraba su liderazgo en los *chakai* era Yukino. Dependíamos completamente de ella y nos referíamos a ella, con cariño, como nuestra hermana mayor. No era porque fuera la mayor entre las estudiantes de los sábados, sino porque era muy buena cuando hacía falta que alguien diera un paso adelante y se pusiera al mando.

A sus órdenes, las tareas como ordenar a los invitados, alinear sus *zori*, limpiar los utensilios, batir el té en la *mizuya* y servir los dulces y el té eran labores compartidas entre todas, desde las señoras mayores hasta Hitomi, que era adolescente. Todas nos adaptábamos a las circunstancias mientras llevábamos a cabo las tareas que se nos habían asignado.

Todo el mundo menos yo parecía tener consideración más que suficiente por los demás. La mayoría de los estudiantes de Té seguramente ya eran así de nacimiento. Poco a poco empecé a sentirme fuera de lugar.

Por mi naturaleza perfeccionista, que me riñeran cuando estaba algo triste me sentaba como un guantazo. Un día la *sensei* me regañó por la forma en la que cogía el cucharón.

—Cuando coges el *hishaku*, aprietas el puño y se te marcan todos los nudillos. ¿No puedes cogerlo con un poco más de delicadeza? Hace más de diez años que estudias Té… Deberías empezar a encontrar la forma de refinar estas cosas.

Aunque ya me había dicho otras veces que tenía que encontrar una forma más elegante de coger el *hishaku*, ese día la crítica me tocó la fibra sensible. Cuando bajé la mirada hacia la mano de la cual se había quejado la *sensei*, no pude evitar que se me llenaran los ojos de lágrimas. Solo quería salir de allí e irme a casa.

Una decisión después de trece años

Estuve baja de ánimos unos cuantos días después de aquello.

«Sigo cometiendo errores después de todo este tiempo. No tengo confianza en mí misma y tampoco soy considerada. Y tengo los nudillos muy marcados... Sencillamente, no estoy hecha para el Té.»

Ni siquiera había sido idea mía empezar a ir a las clases. Solo había empezado a ir para que Michiko y yo pudiéramos pararnos en algún sitio a charlar al volver a casa, pero ya hacía mucho que Michiko se había marchado para casarse. Muchas chicas y mujeres se habían unido al grupo y se habían ido para casarse, tener hijos, o por el trabajo de sus maridos. Yo me había quedado atrás y me había convertido en una veterana.

Cuando empecé a estudiar Té, la *sensei* solía decirnos: «Hay un viejo dicho: "Tres días, tres meses, tres años". En otras palabras, si superas la barrera de los tres años haciendo algo, seguirás haciéndolo durante mucho tiempo».

Yo había superado con creces los tres años. Si me ponía a contar, ya estaba en el decimotercer año de estudio del Té. ¿Por qué no lo había dejado aún?

Era la hija mayor y me habían educado para ser una chica buena y trabajadora. Me parecía que había seguido estudiando a pesar de las dificultades porque me resultaba imposible liberarme de las advertencias de mis padres sobre no dejar las cosas a medias una vez que había empezado a hacerlas. Hasta había pensado que sería injusto para la *sensei*, que había perseverado enseñándome bien sin dejar pasar ni lo más mínimo.

Entre las cosas buenas, estaban el té, los *wagashi* de temporada y los utensilios preciosos que me esperaban cuando iba a las lecciones, y siempre estaría ese momento en el que pensaba: «¡Cuánto me alegro de haber venido al final!». Esa era la vaga razón por la que seguía adelante, pero, a medida que las lecciones iban profundizando, me daba cuenta de que, realmente, no estaba hecha para el Té. Cuando vi que la gente se encontraba allí como pez en el agua, me quedó aún más claro que yo no era ningún pez.

Era evidente que allí tampoco iba a encontrar mi lugar en el mundo.

«Me he pasado trece años de mi vida haciendo algo para lo que ni siquiera estoy hecha. ¡Qué idiota!»

Me reí de mí misma, arrepintiéndome.

«Voy a dejar el Té.»

La decisión se tomó sola cuando terminaba el otoño de 1989. Quizá al principio, cuando perdiera el lugar al que había estado yendo durante tantos años, sentiría que me faltaba algo, pero seguro que pasaría rápido y yo podría pasar las tardes de sábado más a gusto. Un día hablaría del Té en pasado: «Ah, sí, hace años lo estudiaba».

Una vez que me hube decidido, sentí una punzada de soledad, pero esa soledad se parecía mucho al alivio.

Chaji

Había decidido que lo dejaría a finales de año, pero seguí yendo a las últimas lecciones sin confesarle a la *sensei* mi decisión.

Entonces, un día la *sensei* dijo:

—Vamos a practicar la celebración de un *chaji*.

Seguramente mucha gente piensa que un *chaji* es lo mismo que un *chakai*, pero, en realidad, son dos cosas completamente diferentes. Yo lo había descubierto cuando Michiko aún venía a Té conmigo.

La *sensei* nos había dicho que nos llevaba a aprender sobre el *chaji* y yo pensé que simplemente íbamos a ir a otro encuentro de té. Sin embargo, nos detuvimos en una casa que, en apariencia, no tenía nada de especial, en una calle residencial tranquila. Entramos y saludamos levantando la voz para anunciar nuestra llegada.

Tras las puertas de aquella casa normal y corriente había una sala de té de alquiler. La sala, pequeñita, estaba rodeada por un jardín tranquilo. Nosotras éramos las únicas invitadas. Así, apartadas del mundo, la atmósfera tenía algo diferente.

Lo que me sorprendió fue la entrada tan pequeña. La puerta era, definitivamente, liliputiense. No podías cruzarla si no te agachabas y bajabas la cabeza. Siguiendo a la *sensei*, una detrás de la otra, Michiko y yo nos ovillamos e hicimos una reverencia mientras entrábamos a gatas.

En la sala de té, iluminada con una luz tenue, solo cabían cuatro esterillas y media de tatami. Apenas medía siete metros cuadrados. Tenía algo clandestino que me parecía emocionante.

La anfitriona —que yo supuse que era la señora de la casa— entró y llevó a cabo un *sumi-temae*. Entonces, por alguna razón, nos trajeron una bandeja de comida a cada una.

«¿Cómo? ¿Estamos en un restaurante?»

Uno al lado del otro, en la parte delantera de cada bandeja, había dos cuencos con tapa lacados en negro.

Siguiendo el ejemplo de la *sensei*, levantamos las tapas de los dos cuencos simultáneamente, una con cada mano. Se alzaron nubes de vapor y el aroma marino del caldo *dashi* me hizo cosquillas en la nariz. El cuenco de la derecha contenía una pequeña cantidad de sopa y un solo trozo de algo que no reconocí de inmediato. En el cuenco de la izquierda solo había dos bocados de arroz blanco.

«¿Esto es todo?»

Sin embargo, cuando probamos un sorbo, Michiko y yo nos volvimos para mirarnos espontáneamente con los ojos brillantes. El aroma fuerte a *yuzu* emergía entre los sabores ricos y complejos del *dashi* y el *miso* blanco. El trozo misterioso resultó ser un pedazo de gluten blando del cual salía caldo poco a poco a medida que masticábamos. Puede que no hubiera mucho arroz, pero cada grano brillante era dulce y sabroso.

—No os comáis todo el arroz, tenéis que dejar un bocado entero —dijo la *sensei*, pero ya era demasiado tarde.

—Disculpe, es que estaba demasiado bueno —dije sintiéndome culpable.

Cuando fui a coger el *sashimi* de dorada con los palillos, la *sensei* me detuvo.

—Aún no. No se toca el plato del otro lado hasta que se haya servido el sake.

—¿De verdad? ¿También hay sake? —pregunté maravillada.

El sake llegó frío. Me sirvieron un chorrito de la bebida de una botella de cristal preciosa, con una boca larga como el pico de un ave, en el vaso, poco hondo y lacado en rojo, y tomé un sorbo. Noté el sabor fuerte y la textura aterciopelada del líquido en la lengua. Estaba delicioso.

El resto de la comida aún fue más sorprendente. Nos sirvieron un verdadero banquete. Fueron llegando los platos, uno después de otro: verduras cocidas, pescado a la parrilla, exquisiteces hechas a fuego lento, ensalada con vinagre y una selección de otras comidas saladas para complementar el sake... Nos volvieron a servir sopa de forma generosa y también repetimos el arroz, que nos sirvieron de un recipiente de madera. Todo tenía sabores delicados y estaba hermosamente presentado en una vajilla exquisita. Los adornos *maki-e* dorados del plato lacado en negro de las verduras cocidas resplandecían misteriosamente en la penumbra. Compartimos muchos vasos de sake aquella tarde.

«¡Es como una de esas largas comidas italianas!», pensé al recordar que la gente en Italia se pasaba tres horas en la mesa. Se llenaban de *antipasti*, seguidos de montones de pasta, ensalada y grandes porciones de carne, todo regado con una gran botella de *chianti*, incluso a la hora de comer. Al postre lo seguía algún digestivo.

Yo estaba más que satisfecha.

Dos horas y media después terminamos, por fin, la comida y nos levantamos. Se me había olvidado por completo por qué estábamos allí y pensaba que era hora de irnos a casa.

Sin embargo, la *sensei* dijo:

—Muy bien, ahora vamos al jardín a esperar a que la anfitriona lo prepare todo.

—¿Lo prepare? ¿El qué? —pregunté.

—Es la hora del té —respondió.

«¡Ah, claro! Es una lección de Té.»

—La comida que acabamos de tomar se llama *kaiseki* —continuó la *sensei*—. Se come para forrar el estómago antes de beber té, para poder apreciar del todo el sabor del *matcha*.

¡Ese interminable banquete opulento había sido solo el calentamiento!

Un *chaji* es una tarea titánica. Salimos y estiramos las piernas. Luego nos sentamos en el banco y observamos el jardín impecablemente cuidado mientras esperábamos a que empezara la segunda parte. Era algo parecido al intermedio entre dos actos de una obra.

Entonces volvimos a entrar a gatas por la puertecita y nos encontramos con que un torrente de luz iluminaba ahora la penumbra de la sala de té. Habían subido las persianas de bambú que hasta poco antes cubrían las ventanas.

Empezó el *koicha-temae* en un ambiente de gran solemnidad.

Era casi de noche cuando terminó el *chaji*, varias horas después de que hubiéramos llegado para comer. Disfrutar de un solo tazón de té nos había llevado medio día.

La cocina, la vajilla y hasta la presentación de la comida… Todo se había preparado con un cuidado minucioso. El ambiente se había relajado al tomar varios vasos de sake y, luego, hicimos un breve descanso en el jardín cubierto por el rocío antes de volver y encontrarnos las persianas de bambú enrolladas y la iluminación de la sala de té transformada. Todo esto solo para un tazón de *matcha*.

«No sabía que existía un lujo así…»

Pero, a pesar de esta experiencia, nunca antes había conectado la lección semanal de Té con el *chaji*. Pensaba en aquellas pocas horas de lujo tras esa puerta estrecha como una ocasión especial, de modo que, cuando la *sensei* anunció que íbamos a practicar la celebración de un *chaji*, no supe inmediatamente qué quería decir.

—Yo lo prepararé todo para la comida *kaiseki* con la ayuda de mis amigas —nos dijo la *sensei*—. Vamos a hacerlo como tiene que ser, con formalidad, así que tendréis que estudiaros algunos libros sobre cómo se hace el *chaji*.

La *sensei* estaba muy animada. Ya había decidido el orden en el que nos íbamos a sentar.

—Como es un papel importante, me gustaría que Yukino fuera la invitada principal.

—Sí, *sensei*.

—La segunda invitada será la señorita Fukuzawa. La tercera invitada, Hitomi.

Cada una indicó que la había oído.

—La última invitada también tiene mucho que hacer, así que confío en ti, Sanae.

—Sí, *sensei*.

Y entonces dijo:

—Señorita Morishita, tú serás la anfitriona.

La *sensei* no sabía nada acerca de mi intención de dejarlo. Dudé sobre qué hacer durante un segundo, pero luego respondí:

—Sí, *sensei*, lo intentaré.

—A riesgo de ser repetitiva, es responsabilidad vuestra intentar informaros sobre vuestros papeles con antelación —nos dijo la *sensei*—. Especialmente, la anfitriona y la invitada principal necesitáis tener una buena noción de cómo fluye el *chaji* en general o no sabréis lo que tenéis que hacer. Así que estudiad mucho.

Me di cuenta de por qué la *sensei* había puesto tanto énfasis en el estudio cuando abrí un libro sobre el Té por la sección del *chaji*.

«¿En qué lío me he metido?»

Cuando me leí el capítulo por encima, me quedé aún más confundida que antes. Repasé el texto varias veces, pero no entendía nada. Me di cuenta de que tenía que ponerme en serio, me armé con un lápiz rojo y miré la página. El libro me devolvió la mirada. La visión general de todo el procedimiento se me escapaba. Escribí una especie de guion, que ocupaba más de seis páginas con una letra apretada. La magnitud de la tarea me volvió a sorprender.

Muchas de las frases que había que decir parecían sacadas de un drama de época: «Déjeme que le sirva el humilde ágape que me he tomado la libertad de preparar con lo que tenía en la cocina»; «¿Tendría la bondad de dejarme su vaso de sake unos instantes?». Las palabras impresas en una página no me bastaban para entender cómo sería, así que intenté ensayar con platitos que tenía en la cocina de casa.

Irónicamente, solo cuando decidí dejarlo empecé a estudiar Té de verdad. Practiqué una y otra vez. Al final, de entre las brumas de la oscuridad, el *chaji* empezó a tomar una forma vaga en mi cabeza.

Cuando llegó el gran día, la cocina de la *sensei* parecía la de una posada tradicional, llena hasta arriba de cuencos y platos. Ella y sus ayudantes habían trabajado duro preparando la comida desde el día anterior. El rollo del *tokonoma* decía:

Matsu ni kokon no iro nashi
Joven o viejo, el pino siempre es verde

Había elegido ese rollo para nuestro primer *chaji* por las asociaciones simbólicas que tenía el pino con empezar un nuevo capítulo de la vida.

Yo iba con un kimono rosa sin estampados y con un blasón que le había tomado prestado a mi madre. Cuando se acercó la hora de que llegaran las invitadas, rocié con agua el jardín y el suelo del recibidor para imitar la frescura del rocío e indicarles a las invitadas que todo estaba listo. Llegaron y entraron en la sala de té justo antes del mediodía.

—Ahora ve a darles el saludo de cortesía —me dijo la *sensei*.

—*Hai*.

Abrí la puerta corredera y todas hicimos una reverencia a la vez.

Y empezó el *chaji*.

Una razón para todo

Una vez, en primaria, dejé caer unas limaduras de hierro sobre un trozo de cartulina y moví un imán por la parte de abajo. Como soldados que obedecían órdenes, las partículas esparcidas por la cartulina enseguida formaron filas claras a lo largo de las líneas de atracción, siguiendo al imán a medida que se movía.

Los diversos *o-temae* que había aprendido a lo largo de los años estaban dispersos por los recovecos de mi mente, pero gracias a mi experiencia como anfitriona de ese *chaji*, todo había quedado tan ordenado como esas limaduras de hierro y mi mente fluía del *sumi-temae* al *kaiseki*, al *koicha-temae* y al *usucha-temae*.

Una por una, las piezas desordenadas habían formado el puzle. Ahora entendía el motivo de ese orden:

El *koicha* tiene mucha cafeína. Dado que el té espeso es demasiado fuerte como para tomarlo con el estómago vacío, se comía el *kaiseki* antes para llenarlo. Después de la comida viene el postre en forma de *wagashi*.

«... ¡Entiendo! En las lecciones dejamos la parte del *kaiseki* fuera del *chaji* y solo practicamos con los *wagashi* y el *koicha*...»

Un tazón de *koicha* sabroso necesita agua caliente, pero cuando llega el frío en noviembre, el agua está muy fría al principio y tarda en hervir.

«... ¡Por eso hacemos el *sumi-temae* antes de comer en invierno!»

En la temporada del *ro*, los invitados se apiñan alrededor del brasero a ras de suelo mientras se aviva el carbón.

«... ¡Mirar el carbón incandescente ayuda a que los invitados mantengan el calor! Entonces, el agua hierve mientras comen y calienta toda la sala. ¡Claro! ¡Qué inteligente!»

Una vez que hube entendido eso, me di cuenta de lo eficiente que era en realidad aquel proceso. Muchas cosas empezaron a tener sentido. Había una razón para todo. Nada se echaba a perder.

El *chaji* era la culminación de todo lo que habíamos aprendido en las lecciones semanales. Habíamos practicado los procedimientos una y otra vez cada sábado, empezando por el *usucha* y, luego, pasando al *koicha* y al *sumi-temae*. Todo lo habíamos estado practicando para un *chaji*, pero lo habíamos dividido en sus componentes.

Éramos como las secciones de una orquesta —violines, chelos, flautas, trompas— que habían estado practicando sus movimientos por separado durante muchos años. Ese día habíamos tocado la partitura de principio a fin como una orquesta completa por primera vez, por muy vacilante y entrecortado que hubiera sido el concierto…

Había caído la noche cuando salimos de casa de la *sensei*. Mientras caminábamos hacia los cruces de caminos en los que solíamos despedirnos, todas íbamos rumiando lo mismo. Habíamos compartido escenario. Y habíamos tocado una sinfonía preciosa.

Punto de inflexión

La semana siguiente volvimos a las lecciones normales. Era un bonito sábado de finales de noviembre.

El cielo estaba azul, sin nubes, y el aire era frío y limpio. Abrí la verja delantera de nuestra casa y me encontré la calle cubierta de hojas caídas; no se veía ni un centímetro del asfalto. Crujían como copos de maíz bajo mis pies cuando caminaba hacia casa de la *sensei*. Los árboles que había a los lados de la calle estaban desnudos y habían transformado el paisaje de la ciudad.

«¿Qué? ¿Dónde estoy?»

Durante una fracción de segundo tuve la impresión de estar caminando por un barrio desconocido. Era como la sensación que tienes cuando la nieve cubre el suelo como un manto, pero, en este caso, la ciudad estaba enterrada bajo las hojas.

Cuando llegué a casa de la *sensei* y abrí la puerta corredera de la sala de té, el ambiente era cálido y acogedor.

—Pasa —dijo la *sensei*—. Yukino estaba a punto de empezar a preparar el *koicha*.

Cuando crucé la sala para tomar asiento, miré el *tokonoma* como de costumbre.

El rollo decía:

Mon wo hirakeba ochiba o-shi
Cuando abrí la verja, había montones de hojas caídas

Sentí como si fuera dirigido a mí: «¿No crees? Al fin y al cabo, ¡has venido hacia aquí cruzando esa misma escena!».

—Bueno, venga, date prisa y coge tu dulce —me mandó la *sensei*—. He pasado por Sasama, en Kanda, para comprarlos esta mañana.

Al abrir la tapa de la caja de dulces lacada en negro que había delante de mí, dejé escapar un grito involuntario de alegría. Sobre la oscuridad de dentro de la caja destacaba una hoja algo enrollada, de un color que iba cambiando gradualmente del amarillo a un naranja luminoso.

Después de admirar la auténtica belleza del sutil cambio de tono de aquel dulce, lo corté en unos cuantos trozos con el palillo de dulces y probé uno. La hoja, elaborada con pasta de judía blanca, estaba enrollada sobre una bolita de pasta de judías *azuki*. Era exquisitamente suave y dulce.

Sentada de rodillas delante de la tetera de la que salía una nube de vapor, Yukino mezcló el *koicha*. Le dio una última vuelta al *chasen* y lo levantó con cuidado del tazón. Grandes gotas de té verde oscuro cayeron perezosamente por las varillas de bambú. Con los dedos bien alineados, giró el tazón de té dos veces para encararlo hacia mí y, entonces, me lo acercó y lo puso en el lugar habitual junto con el *dashibukusa*.

—Discúlpame por beber antes que tú.

Hice una reverencia a la invitada que tenía a la izquierda, cogí el pesado tazón de té de estilo *oribe* con las dos manos y me lo acerqué a los labios.

El líquido verde, espeso y caliente se combinó con el dulzor del *wagashi*. Un tazón de *koicha* bien mezclado me hace sentir como si me perdiera entre capas de sabor potente e intenso, como si comiera hígado de cangrejo o *foie gras*. La primera vez que bebí té hice una mueca involuntaria por la amargura, pero una parte de mí terminó por disfrutar de esa textura viscosa sin que yo me diera cuenta. Mi sentido del gusto parecía especialmente despejado ese día, como si cada una de mis papilas gustativas se hubiera abierto como una flor.

Cuando levanté la cara del tazón, sentí como si una brisa verde hubiera soplado entre las células de mi cuerpo. El regusto refrescante me dejó hasta la saliva con un sabor intenso y dulce.

«Qué feliz soy ahora mismo.»

Yukino lavó los utensilios para terminar el *o-temae*, se levantó y abrió la puerta corredera de papel. Cuando lo hizo, a través de la puerta de cristal que había al otro lado del pasillo, vi un cielo azul infinito. Casi parecía que fuera a arrastrarme hacia arriba, lejos del suelo.

«¡Ay, qué bien estoy!»

Mirando los cielos, dejé escapar un suspiro profundo y liberé mi mente.

Justo en ese momento, oí que una voz dentro de la cabeza me decía: «Las cosas están bien como están, ¿verdad?».

«¿Cómo?»

«Puedes dejarlo cuando quieras. Mientras tanto, ven y disfruta del té. Eso es lo que has estado haciendo hasta ahora, al fin y al cabo. Las cosas están bien como están.»

Aunque las palabras vinieron de algún lugar dentro de mí, parecía que hubieran caído flotando del cielo.

La cuestión no era decidir si dejarlo o no. No tenía que ser sí o no. Hasta que lo dejara de verdad, seguía en un estado de no tener que hacerlo, y así estaba bien.

«Eso es. No importa no ser considerada por naturaleza. No pasa nada por tener más experiencia y que no puedan confiar en mí para ciertas cosas. No me compararé con nadie más. Lo único que tengo que hacer es seguir el Camino del Té a mi propio ritmo.»

Me deshice de la carga que había estado llevando. La tensión abandonó mi espalda y, de pronto, me sentí más ligera. Estaba completamente presente.

«¿Cómo no me había dado cuenta antes? ¡Las cosas están bien como están!»

CAPÍTULO 11

—

SEPARARSE ES INEVITABLE

Independencia tardía

Abandoné el nido algo tarde, a los treinta y tres años, y empecé a vivir sola a unos treinta minutos en tren de mi antigua casa. Mientras que antes tardaba menos de diez minutos en llegar a la lección de Té, ahora tenía que ir en transporte público y me acostumbré a visitar a mis padres cuando volvía a casa los sábados.

Siempre que me dejaba caer por su casa, mi padre decía:

—¡Ah, estás aquí! Quédate a cenar. Tendríamos que comer juntos de vez en cuando.

Durante toda la cena lucía una sonrisa satisfecha en la cara, bebía sake contento e insistía en que bebiera con él. A los sesenta y seis años, tenía el pelo blanco como la nieve y empezaba a parecerse al arquetipo de un señor mayor bondadoso.

—Ya es tarde, así que tendrás que quedarte a pasar la noche —me decía, aunque no fueran ni las ocho.

A veces ni siquiera esperaba a que oscureciera para observar lo tarde que era. «Ya es tarde» se convirtió en su muletilla.

Pero yo nunca aceptaba la invitación. Por muy tarde que fuera, siempre volvía a mi piso, como si le diera la espalda a su entusiasmo por que estuviéramos juntos en familia. Desde que había empezado la adolescencia, siempre había sido la hija que se rebelaba contra su padre, obcecada como una niña malcriada en conseguir una independencia que se había pospuesto demasiado.

Ichi-go ichi-e

La *sensei* Takeda había empezado a preparar, de vez en cuando, prácticas de *chaji* para la clase en días especiales, diferentes de los de las lecciones corrientes. Todas nos turnábamos representando los papeles de anfitriona e invitadas.

Después de haber completado unos cuantos *chaji*, me di cuenta de que tenían mucho en común con las cenas de gala que había visto en las películas extranjeras. Los invitados de un *chaji* reciben una invitación por escrito, asisten con ropa formal y se reúnen en una sala de espera llamada *yoritsuki*. Una vez que se han reunido todos los invitados, entran en la sala de té, que es, en la práctica, el comedor. En una gran cena con invitados, cuando la larga comida llega a su fin, las señoras se retiran para retocarse el maquillaje mientras los señores salen a fumar unos puros. En los *chaji* también se pone una bandeja de tabaco con una pipa larga y fina de bambú y otros elementos para fumar en el banco del jardín en el que los invitados descansan después del *kaiseki*.

Los japoneses ya se han familiarizado con el ritual de catar vino en un restaurante, que consiste en servir un poco en una copa para que los comensales examinen el color y comprueben el buqué y el sabor antes de considerarlo aceptable. Existe una interacción similar entre el anfitrión y el invitado principal en un *chaji* después del primer sorbo de *koicha*. El anfitrión pregunta: «¿Es el té de su gusto?», y el invitado responde: «Sí, es excelente». A continuación hay un intercambio entre el anfitrión y el invitado, como el que se establece entre un sumiller que presenta un Château Margaux de 1983 y un comensal:

—¿Cómo se llama el té?

—Es un Wakamatsu-no-mukashi.

—¿De dónde es?

—De Ippodo.

El té y el vino tienen mucho en común.

Las hojas del té que se arrancan en mayo se almacenan en tarros de cerámica y se guardan hasta el otoño. A principios de noviembre, cuando se abre el *ro*, se lleva a cabo el *chaji* más formal de todos: el *kuchikiri-no-chaji*. Se rompe el precinto de los tarros, se muelen las hojas hasta convertirlas en polvo en un molino de piedra y se hace té con ellas por primera vez. Ese día marca cuándo se empieza a beber té cultivado ese año. Por eso se dice que el *robiraki* es el Año Nuevo del *chajin*. Todo esto recuerda al Día del Beaujolais Nouveau, que también es en noviembre, en el que se destapan las primeras botellas del vino joven que se ha producido ese año.

Cuando celebrábamos un *chaji*, la *sensei* solía decir:

—Por favor, tomáoslo todas en serio. Un *chaji* es una experiencia única en la vida tanto para el anfitrión como para los invitados, así que tenéis que ponerle todo vuestro empeño.

La expresión que usaba la *sensei* era *ichi-go ichi-e*, que significa, literalmente, «una vez, un encuentro».

—Aunque el mismo anfitrión celebre un *chaji* con los mismos invitados muchas veces, cada encuentro es una ocasión única que nunca se repetirá, igual que el día de hoy no volverá jamás —nos decía—. Por eso debéis encarar el *chaji* con el espíritu del *ichi-go ichi-e*.

Las palabras de la *sensei* no me decían gran cosa. Entendía la parte de que no era la misma ocasión aunque estuvieran allí exactamente las mismas personas, pero ¿por qué teníamos que preocuparnos por el hecho de que un *chaji* fuera «un encuentro único en la vida» cuando solo era una reunión de gente para comer y beber té?

Cuando volvíamos paseando a casa después del *chaji*, se lo pregunté a Yukino.

—¿No crees que es un poco exagerado?

—Debe de ser algo de los viejos tiempos, de cuando Rikyu estaba vivo —respondió.

Cuando Sen no Rikyu codificó el Té en el siglo XVI, hacia el final del turbulento periodo Sengoku de Japón, los señores de la guerra Oda Nobunaga y Toyotomi Hideyoshi estaban en el poder.

—A un amigo que un día estaba lleno de vida lo podían matar al día siguiente —siguió Yukino—. Quizá eso era tan habitual que la gente sentía cierta urgencia por vivir el presente, les hacía darse cuenta de que podía ser la última vez que vieran a alguien.

—Conque los viejos tiempos…

Rikyu había sido maestro del Té del propio Hideyoshi. Después de que Rikyu provocara la ira del señor feudal, sus seguidores fueron masacrados y, finalmente, le ordenaron a Rikyu que se quitara la vida. La verdad era que había sido una época en la que compartir una comida con alguien era, en demasiadas ocasiones, una experiencia única en la vida.

—Además, no había teléfonos ni aviones ni trenes, así que todo el mundo viajaba a pie, ¿no? —dijo Yukino empezando a entusiasmarse con sus argumentos—. No era tan fácil encontrarse con la gente como ahora. Cuando se despedían, no podían saber si volverían a verse.

En el mundo moderno, nunca pensamos: «Puede que esta sea la última vez que nos veamos».

Nosotras nos separamos en el sitio de siempre con el «Nos vemos la semana que viene» de costumbre.

El día del equinoccio de primavera, en marzo de 1990, hacía buena temperatura y brillaba el sol. Yo recibí una llamada inesperada de mi padre.

—Tenía un recado que hacer en tu barrio y pensaba pasar a verte.

Era algo prácticamente inaudito que mi padre me llamara. Sin embargo, una antigua compañera de clase había venido a visitarme ese día. Se lo dije a mi padre.

—Vale, no te preocupes. No pasa nada. Nos vemos otro día.

Mi amiga y yo nos quedamos hablando hasta tarde esa noche. Después de que se fuera a casa, a mí me urgió ver a mi padre. Por alguna extraña razón, le estaba dando vueltas al hecho de no haberlo visto antes, cuando se había tomado la molestia de llamarme.

Ya eran más de las once. Si iba a casa de mis padres, se me haría demasiado tarde para coger el tren de vuelta.

Normalmente, no hubiera pensado siquiera en ir a esas horas de la noche, pero aquello me estaba reconcomiendo. Quería ver a mi padre. No era que tuviéramos nada en concreto de qué hablar. Con verle la cara me bastaba.

Mientras me preparaba a toda prisa para salir, llamé a casa para que supieran que iba.

—¿Está papá? —pregunté.

—¿Qué? Ya se ha ido a dormir —dijo mi madre con voz despreocupada.

Por algún motivo, me quedé más tranquila y estuve charlando con ella un rato.

—Vendrás a vernos cuando salgas del Té, ¿verdad? —me preguntó.

—Sí, me pasaré el sábado —respondí.

Y entonces me quité el abrigo.

Más adelante, el viernes de esa misma semana, sonó el teléfono que tenía en el escritorio. Descolgué el auricular y oí la voz de mi madre. Parecía totalmente abatida.

—¡Tu padre se ha desmayado! ¡Ven, date prisa!

Tres mañanas después mi padre exhaló su último aliento en la cama del hospital sin haber recuperado la conciencia.

«Vale, no te preocupes. No pasa nada. Nos vemos otro día.» Esas habían sido las últimas palabras que me había dicho mi padre.

En el hospital, mi hermano pequeño me comentó que mi padre tenía ganas de verme.

—Noriko viene mañana, cenemos en familia —había dicho la mañana que se había desmayado—. Arroz con brotes de bambú estaría bien.

Me golpeé la cabeza una y otra vez contra la pared blanca intentando acordarme de la última vez que habíamos comido todos juntos en familia.

«¿Cuándo fue?»

Intentaba desesperadamente hacer retroceder las agujas del reloj. Deseaba poder volver al pasado. Y sabía que no podía. Nunca volveríamos a estar los cuatro juntos como una familia, algo que, en el pasado, me había parecido tan trivial, tan banal... *Nunca*: esa palabra fría como el hielo me dejó congelada por la pena.

Con todos aquellos a quienes conocemos sucede lo mismo. Siempre habrá un día después del cual ya no nos volveremos a ver.

Cuando había bebido, mi padre solía volverse hacia el resto de la familia y decir:

—Cuando me muera, quiero irme deprisa, como las flores de cerezo.

Siempre decía cosas melodramáticas como esa, y mi madre, mi hermano y yo simplemente nos reíamos y decíamos: «¡Ya está otra vez con eso!».

Pero el día del funeral de mi padre, las flores de cerezo cayeron aleteando de los árboles, como si fuera el final de una obra de teatro.

La *sensei* tuvo la amabilidad de acompañarnos al crematorio.

—Ay, Noriko —me susurró—, ahora las flores de cerezo te traerán recuerdos tristes.

Observando el humo gris, le respondí:

—La verdad es que sí que se ha ido deprisa...

Los acontecimientos vitales siempre son inesperados, no importa cuándo vengan, ya fuera en tiempos de Rikyu o en los nuestros...

Hay ciertas cosas para las que no puedes prepararte aunque sepas que van a pasar. Al final, no puedes evitar sentirte triste, no puedes evitar que esas emociones desconocidas te cojan desprevenido. Solo entonces te das cuenta de lo que has perdido.

Pero ¿hay otra manera de vivir? Nunca puedes prepararte para lo peor y, cuando pasa, lo único que puedes hacer es esperar mientras, poco a poco, te acostumbras a la pena.

Por eso creo muy firmemente que si quieres ver a alguien, tienes que hacerlo. Si quieres a alguien, tienes que decírselo. Cuando las flores se abran, celébralo. Cuando te enamores, entrégate. Cuando estés alegre, compártelo con los demás. Cuando encuentres la felicidad, recíbela con los brazos abiertos y saboréala de verdad. Puede que eso sea todo lo que podamos hacer.

Si hay alguien que es especial para ti, deberías aprovechar cada oportunidad que tengas de comer con esa persona, vivir la vida con esa persona, disfrutar de su compañía.

Resulta que ese es el significado de *ichi-go ichi-e*.

CAPÍTULO 12
—

BUSCA LA VOZ INTERIOR

La estación fría

En 1990, una nueva estudiante se unió a nuestras lecciones de los sábados. Se llamaba Keiko Uozumi y era una mujer soltera, funcionaria, de unos cuarenta años.

Nos dijo que nunca había tomado lecciones de Té. La mayoría de la gente empieza a aprender a los veinte años, así que una principiante de su edad era algo inusual.

—¿Por qué has decidido empezar a estudiar Té? —le preguntó una de nosotras.

—Quería dedicar tiempo a relajarme y reencontrarme conmigo misma —nos explicó.

Empezó aprendiendo a doblar la *fukusa* y a caminar por el tatami, como el resto de nosotras. Más que relajante, resultó dolorosamente tenso. Cuando llevaba a cabo el *o-temae*, cogía el *chashaku* con tanta fuerza que los nudillos se le volvían blancos. La *sensei* tenía que recordarle a menudo que no apretara tanto las cosas.

Era la estudiante de Té más rígida que se había unido nunca al grupo. Dado lo tensa que estaba, todas nos preguntábamos en privado cuánto duraría y si podía ser que el

Té fuera demasiado difícil de aprender a no ser que empezaras desde muy joven.

Sin embargo, la señora Uozumi no lo dejó. Tres años después, por fin estaba a gusto con el *o-temae*. De pronto, empezó a describir las cosas que veía a su alrededor con palabras vívidas.

—¡Oh, el agua del aguamanil del jardín suena más suave! Se nota que llega la primavera —decía. Y también—: Viene la lluvia, lo huelo en el aire.

Un día, sentada cómodamente sobre una esterilla de mimbre tejido y acariciando la superficie verde, dijo:

—¡La verdad es que me encanta el olor del tatami nuevo!

A pesar de empezar a recorrer el Camino del Té más tarde que el resto de nosotras, la señora Uozumi había conseguido disfrutar de la sala de té con más entusiasmo que ninguna.

—Durante la semana estoy atrapada en un edificio de hormigón un día sí y otro también —nos dijo—. El Té me da la maravillosa oportunidad de entrar en contacto con las estaciones una vez a la semana.

Me llevó cinco años darme cuenta de que todos los años, cuando se acercaba noviembre, la señora Uozumi se iba volviendo menos habladora.

—Siempre me pongo así cuando empieza a hacerse de noche más temprano… —nos dijo en voz baja. Me contó que solía refugiarse en su caparazón, se perdía en ensueños y se pasaba las largas tardes oscuras pensando en las minucias de la vida diaria.

«Ahora que lo dice, yo también hago eso…»

Cada año, en cuanto empezaba la temporada del *furo* y se veía el jardín encarado al sur desde la puerta abierta de la sala de té, me sentía extrovertida, rebosante de energía y con ganas de empezar algo nuevo. En cambio, durante la temporada del *ro*, cuando la puerta de la sala de té se mantenía cerrada, volvía la mirada instintivamente hacia el interior. Cuando nos apiñábamos alrededor del brasero a ras de suelo y contemplábamos el carbón incandescente, me volvía más introspectiva.

—Pero también me gusta esta estación… —dijo. Daba la impresión de que estaba sopesando la idea—. Es decir, está muy bien ser activa en verano, pero también me gusta tener unos cuantos meses en los que me puedo esconder en casa. No hace falta decir que una es buena y la otra, mala: las dos son buenas a su manera.

Esta mujer, que empezó a aprender Té tras dedicar media vida a su carrera, había comprendido otra idea profunda que se nos había escapado a las que habíamos empezado cuando éramos jóvenes.

Al escuchar sus palabras, volví a ser profundamente consciente del ciclo de las emociones humanas, de las estaciones de la mente. Igual que la sala de té pasa de estar abierta a estar cerrada, nuestras mentes también cambian con el paso de los meses. Se abren, se cierran, se vuelven a abrir… Una y otra vez, como la respiración.

La sociedad solo valora lo alegre y positivo. La gente se olvida de que no puede haber luz sin lo contrario. Solo conseguimos la verdadera profundidad si tenemos las dos cosas. No hace falta elegir una u otra: las dos son igual de buenas a su manera. Las personas necesitamos las dos.

En el primer *chakai* al que fui con mi prima Michiko, la *sensei* señaló algo que había en la tapia del jardín bien cuidado de una vieja casa de té.

—Eso que hay al lado de la entrada es una percha para espadas —nos dijo—. Los samuráis colgaban ahí sus espadas antes de entrar a gatas en la sala de té.

En el pasado, tener conocimientos de Té era un logro esencial para un hombre con estatus, incluyendo a los guerreros de mayor rango. Toyotomi Hideyoshi incluso se llevaba con él a Rikyu al campo de batalla para que le preparara té.

Sin embargo, en el presente, el *chakai* era un mar de mujeres, y las conversaciones que se oían allí estaban salpicadas de exclamaciones de *vaya, vaya*. Era difícil de creer que el Té hubiera sido en algún momento una actividad masculina. Y pensar que aquellos guerreros que habían corrido por campos de batalla sangrientos y habían tramado complots contra sus rivales en luchas a muerte por el poder también habían sido seguidores del Camino del Té…

—Debía de ser como esas reuniones secretas que tienen los políticos actuales en los reservados de restaurantes antiguos y exclusivos —me dijo Michiko.

—¿Reuniones secretas? —repetí—. Sí, supongo.

Habían pasado veinte años desde entonces. Ahora yo tenía cuarenta.

Confucio dijo: «A los cuarenta, ya no tenía dudas», pero, en mi caso, aquello estaba muy lejos de la verdad.

Un montón de problemas amenazaba con superarme. La dirección preocupante de mi carrera profesional, las dificultades en casa, una madre ya mayor, mi propio futuro...

Cuando era una veinteañera, con la desesperación creciente por encontrar un trabajo, a menudo me había planteado si estaba perdiendo los sábados yendo a Té, pero ahora que había llegado a los cuarenta, quería ir a las lecciones, sobre todo cuando algo me preocupaba.

—Cuando te sientas delante de la tetera, tienes que estar delante de la tetera —decía la *sensei*—. Debes concentrarte en vaciar la mente.

Pero incluso después de veinte años de Té, yo era incapaz de lograr ese vacío. Siempre tenía la mente llena de pensamientos. Preocupaciones por el trabajo, la limpieza que tenía que hacer al llegar a casa, las dudas, los remordimientos, las inquietudes... Surgían sin parar, uno detrás de otro.

De algún modo me parecía que, cuanto mayor me hacía, más lejos estaba de conseguir ese vacío. Quería descansar la mente, pero no podía. Terminaba pensando incluso contra mi voluntad. Era como si tuviera un hámster pequeñito en la cabeza haciendo girar su rueda sin parar...

En la sala de té hay un sonido constante que se puede oír como ruido de fondo grave y suave. Lo llamamos *matsukaze*: el viento entre los pinos. Hay unos trocitos de hierro pegados al fondo de la tetera específicamente para generar este sonido. Cuando el agua empieza a hervir, el «viento» viene y va a ráfagas: sss, sss, sss, sss.

Al final se convierte en un solo y continuo sssssssssssss.

Una vez que el agua se pone a hervir sin parar, se vuelve un vendaval furioso que silba entre los árboles. El *matsukaze* y el Té están inextricablemente entrelazados.

Un sábado, Sanae estaba llevando a cabo el *o-temae* a su manera pausada. El único sonido que se oía en la sala de té mientras observábamos sus movimientos era el suave susurro de ese viento entre los pinos.

Como era habitual, el hámster que tenía en la cabeza estaba dándole vueltas a su rueda y mandaba un torrente inacabable de pensamientos por mi mente.

Ssssssssssssssssssssssssss.

El viento susurrante parecía expandirse como un eco por mi cabeza mientras yo escuchaba el parloteo constante de mi monólogo interior. La voz de dentro y el sonido de fuera se volvieron uno y desdibujaron la frontera entre el interior y el exterior. El viento llegó a su punto álgido cuando el agua se puso a hervir y mandó hacia arriba una espiral de vapor blanco. Sanae vertió una cucharada de agua fría en la tetera hirviendo.

Y el viento paró de pronto.

.

.

.

Mi mente se volvió un vacío.

No pensaba en nada. No me preocupaba nada. Esos pocos segundos de tranquilidad me habían calmado la mente más que el sueño más profundo. Aguanté la respiración y disfruté del momento. Una perfecta paz, como una breve muerte.

«Ahhhhhh…»

Todas las presentes aguantaron la respiración y se rindieron a aquel silencio balsámico. Parecía que el tiempo se hubiese detenido.

.

.

.

Y el viento volvió a susurrar entre los pinos.

Sss, sss, sss, ssssss.

La calma no dura más que unos pocos segundos, pero nunca, en ningún lugar, he sentido un descanso tan placenteramente profundo.

En ese momento me acordé de lo que nos había dicho la *sensei* sobre las perchas para espadas hacía veinte años.

No era solo que los samuráis dejaran las armas antes de entrar en la sala de té, sino que las puertas de entrada estaban pensadas para que no pudieran entrar a gatas con las largas espadas.

Libre de su oneroso papel en aquel mundo despiadado, un samurái podía volver a ser una persona corriente. No puedo siquiera imaginar la enorme presión que sentirían los señores feudales sobre cuyos hombros descansaba el futuro de una nación. Hasta el más intrépido guerrero debía de tener problemas para evitar las acometidas constantes de la preocupación, las dudas y el miedo.

«Esa debe de ser la razón por la que los señores de la guerra buscaban el vacío tan desesperadamente.»

La espada de un guerrero era lo segundo más importante para él, solo después de su propia vida, así que, quizá, cuando la dejaba fuera de esa puertecita junto con su estatus, lo hacía para buscar un instante fugaz de paz profunda en una sociedad en la que vaciar la mente era completamente imposible. Tal vez buscaba el instante de serenidad profunda que llegaba cuando aguantaba la respiración y se abandonaba al vacío justo en el momento en el que paraba el viento...

Sssssssssssssssssssssssssss.

Suave, silenciosa, la brisa susurra al pasar entre los pinos.

CAPÍTULO 13

—

CUANDO LLUEVA, ESCUCHA LA LLUVIA

Escucha la lluvia

Siempre recordaré ese día.

Era un sábado de junio de 1991, quince años después de empezar a aprender Té, y llevaba lloviendo desde la mañana. La humedad pegajosa me había puesto apática. Salir de casa en un día húmedo ya era una idea poco tentadora por sí sola y, para colmo, el chubasco se intensificó después de comer.

«Uf, no quiero ir a Té...»

Solíamos llegar todas a casa de la *sensei* a la una y media, pero ya hacía rato que había pasado esa hora. La lluvia continuó sin tregua mientras el reloj seguía girando lentamente hasta las dos y media. No había señales de que, si esperaba, el diluvio fuera a parar. Cuando se acercaban las tres y media, por fin me puse en marcha y me dirigí a casa de la *sensei* mientras llovía a cántaros. Caía con tanta fuerza que apenas podía ver por dónde iba. Cuando entré a toda prisa en el recibidor de la *sensei*, la falda azul cielo que llevaba se había vuelto azul marino. Enseguida se formó un charco alrededor de mis pies.

—¡Holaaa!

Ya fuera porque el sonido de la lluvia había ahogado mi voz o el «¡Adelante!» que solía dirigirme la *sensei*, no oí respuesta alguna, pero en el centro del escalón que llevaba a la casa propiamente dicha había una toalla de un blanco inmaculado cuidadosamente doblada. Casi podía oír a la *sensei* diciendo: «Úsala para secarte los pies». La usé como pude en los pies y la falda empapada y me puse los calcetines blancos en la antesala como de costumbre.

La casa tenía un aspecto diferente. Las puertas correderas de papel que daban al sur, al jardín, tenían las contrapuertas cerradas. Avancé chapoteando por el pasillo y entré en la sala de té disculpándome por la tardanza. La señora Uozumi estaba batiendo un tazón de *usucha*.

—Llegas tarde —dijo la *sensei*—. Te estábamos esperando. Date prisa y siéntate.

—Sí, *sensei*.

Me senté rápidamente y me olvidé de mirar el *tokonoma*.

—Venga, cómete el dulce —me dijo la *sensei* apremiándome y poniendo un plato para dulces de estilo Cochin de un amarillo vivo delante de mí.

Yo lo alcé brevemente con ambas manos en señal de agradecimiento y levanté la tapa. Me encontré con lo que parecía un grupito de hortensias.

—¡Vaya! —dije con un susurro.

Cada uno de los dulces esponjosos y redondos estaba cubierto por cubos diminutos de azúcar y posado sobre una hoja de hortensia real. Los colores variaban según la flor a la que imitaban: algunos eran azulados, mientras que otros tenían un tono magenta o violeta.

La boca se me curvó con las comisuras hacia arriba en una sonrisa espontánea cuando pensé: «Me alegro de haber venido al final».

Cogí una de las hortensias azuladas con los palillos de madera de *kuromoji* y la puse en mi *kaishi*. Después de tomarme otro momento para apreciar su encantadora forma, presioné con el palillo de plata para dulces contra el agar-agar. La gelatina se resistió brevemente antes de que la flor se partiera en dos y revelara la pasta de *azuki* del interior. Cuando me puse un trozo en la boca, el exquisito dulzor de la pasta de judías se mezcló con el frescor del agar-agar.

El *chasen* hizo chas, chas, chas, chas...

Un aroma fresco y potente se extendió por la habitación húmeda cuando se nos ofreció el tazón humeante de *matcha* lleno de cafeína. Era de un verde vivo, como el musgo empapado de lluvia.

—Gracias por el té que has preparado.

Después de haberme empapado de camino a casa de la *sensei*, el té caliente y algo amargo era maravillosamente vigorizante. No pude evitar decir:

—Ah, ¡qué bueno está!

A pesar de mi reticencia a salir de casa, ahora que estaba allí me sentía revitalizada. El recuerdo de llevar toda la ropa calada por la lluvia de camino a casa de la *sensei* ahora me parecía muy emocionante.

«¡Había olvidado cuánto me gusta el Té en un día de lluvia!»

Cuando terminó el *o-temae*, se expusieron el *hishaku* y el *futaoki* encima de la *tana*. El *futaoki* de cerámica era de un verde oscuro y tenía forma de hoja de hortensia curvada. Encima de la hoja había un bultito del tamaño de un guisante... Un caracolito muy mono.

«¡Ah, sí! Claro…»

Cada año, cuando veía el caracol de aquel *futaoki*, me volvía a la cabeza un recuerdo de infancia. En la temporada de lluvias me había refugiado debajo de mi paraguas amarillo y había observado a un caracol muy pequeño —como el que tenía ahora delante— que había encima de una hoja de hortensia.

«Ya me acuerdo… Como en cada temporada de lluvias…»

Tenemos que olvidar para poder recordar otra vez.

—A ver, Yukino, me gustaría que tú avivaras el carbón —dijo la *sensei*.

Después del *sumi-temae*, examinamos el recipiente del incienso. Era una caja redonda y plana, lacada, del estilo *kamakura-bori*. Yo no era capaz de descifrar qué representaba, pero el diálogo prescrito me daba la oportunidad de satisfacer mi curiosidad.

—¿Cuál es el diseño de este recipiente de incienso? —pregunté.

—Es un sombrero cónico de juncos —contestó Yukino colocando las dos manos en el tatami como indicaba la costumbre formal mientras hablaba.

—¡Vaya! —exclamé.

Había visto algo parecido en un grabado en una plancha de madera en la que se veían viajeros en un día lluvioso. Llevaban chubasqueros hechos de paja y sombreros de juncos. Así era como se mantenían secos en los viejos tiempos.

Abierta detrás del brasero y la tetera había una mampara bajita de madera con un adorno calado en la base, hecho con círculos. En algunos lugares había círculos grandes y pequeños que se solapaban.

—Esto es una mampara para el brasero con un diseño de gotas de agua —nos dijo la *sensei*.

Representaba las ondas expandiéndose por un charco cuando caía la lluvia.

Hortensias, caracolitos, un sombrero de juncos para la lluvia, ondas en un charco… Todo lo que veía evocaba de algún modo la temporada de lluvias en Japón.

De pronto, el diluvio se intensificó. Parecía que la casa de la *sensei* estaba debajo de una cascada. De hecho, daba bastante miedo.

Con las contrapuertas del lado sur cerradas y el resto abiertas, la sala de té estaba envuelta en una atmósfera oscura y peculiar. Me sentí bastante impotente ante aquel ruido apabullante. Me recordó a las noches en las que había un tifón soplando con fuerza fuera de casa. A pesar de mi nerviosismo, era extrañamente emocionante y, de repente, sentí una conexión más cercana con todas las personas que tenía a mi alrededor.

La lluvia golpeaba el tejado y las ventanas, y ahogaba cualquier otro sonido dentro de la casa de madera. El aguacero sonaba con tanta fuerza que podía visualizarlo con la misma claridad que si estuviera viendo lo que ocurría fuera.

El vapor levantándose de las tejas negras del tejado como un humo blanco, el barro salpicando cuando caía agua de los canalones, todo el follaje del jardín empapado y algo desaliñado por el chaparrón.

Grandes gotas de lluvia rebotando en las anchas hojas de la aralia con el repiqueteo de una descarga de judías secas. Hojas de hortensia brillantes y mojadas temblando ligeramente. Las briznas empapadas del bambú japonés goteando. Las hojas jóvenes de la parra bajo los aleros del tejado susurrando cuando el aguacero las hacía moverse y exponía su pálido lado inferior. Todo el jardín rebosaba alegría mientras el agua torrencial lavaba todas y cada una de las hojas.

El agua cayendo en cascada sobre las hojas desde el tejado con un ra-ta-ta. Charcos enormes con superficies tan agitadas por la lluvia que parecía que estaban hechas de escamas de pez. Coches que salpicaban al pasar por la calle, cuyo asfalto se había convertido en un río.

Sentía que podía oír todas y cada una de las gotas de lluvia.

Se parecía a escuchar música cuando puedes identificar cada instrumento por el timbre: el bombo, los timbales, la marimba, las maracas… Y estaba todo entrelazado con grupos de sonidos similares que venían de más lejos y formaban una sinfonía de lluvia magnífica y con múltiples capas.

Yo no había escuchado nunca la lluvia tan atentamente. Me sentía como si me estuviera adentrando en una jungla de sonido torrencial. El corazón me latía con fuerza. Era algo puro y terrorífico, pero quería seguir así, profundizar más. Era toda oídos.

Sentí que mi oído se aguzaba de pronto cuando atravesé una especie de barrera.

«¿Qué está pasando?»

Durante un instante sentí como si los oídos se me taponaran. De pronto, estaba en un enorme espacio abierto en el que reinaba el silencio.

166

¿Dónde estaba?

Nada se interponía en mi camino.

El esfuerzo de intentar que el proceso no saliera mal, mis constantes preocupaciones laborales, las obligaciones que me esperaban en casa... Todo era irrelevante.

La preocupación agobiante por esforzarme más, la ansiedad por la posibilidad de que no valiera nada sin la aprobación de los demás, el miedo a que mis debilidades quedaran retratadas... Todo se desvaneció.

Me sentía increíblemente libre, como si gotas grandes y tibias cayeran con fuerza y me escocieran en la piel. Era como si estuviera chillando con la alegría de una niña mientras el chaparrón me caía encima con tanta fuerza que no era capaz de abrir los ojos. Nunca antes había experimentado tanta libertad.

Mis horizontes se expandieron para siempre.

Yo siempre había estado ahí. No había necesidad de irme a ningún otro sitio.

No había nada prohibido.

No había nada obligado.

No me faltaba nada.

Solo el hecho de ser ya era una satisfacción en sí mismo.

Otra ráfaga de lluvia dispersó esa sensación. Pareció que se me destapaban los oídos y volvía a estar en la sala, sentada donde había estado antes.

La experiencia solo podía haber durado unos segundos, seguro que menos de un minuto. Entonces me acordé de que no había mirado el *tokonoma* ese día y me di la vuelta. Tuve que girar el cuerpo y levantar la vista para ver el rollo, que era corto. Tenía escritos dos caracteres grandes:

«… ¡Oh! ¡"Escucha la lluvia"!»

No pude evitar que se me llenaran los ojos de lágrimas.

Rodeada del estruendo de los azotes de la tormenta, me sentí como si hubiera vivido un momento decisivo. Era como si una puerta cerrada se hubiera abierto en respuesta a una palabra mágica.

De hecho, ya había visto ese rollo antes, pero entonces había pensado que la *sensei* había elegido un rollo sobre la lluvia porque estaba lloviendo. Apenas había pensado en los caracteres como en símbolos que había que descifrar.

Ahora parecía que me hablaran.

«Cuando llueva, escucha la lluvia. Tienes que estar aquí en cuerpo y alma. Usa los cinco sentidos y entrégate a saborear el presente. Si lo haces, lo entenderás. El camino a la libertad siempre está aquí, ahora.»

Nos atormentamos constantemente con arrepentimientos sobre el pasado y preocupaciones por el futuro que aún no ha llegado, pero nunca podemos volver a los días que ya se han ido ni anticiparnos a las cosas que están por venir, por mucho miedo que tengamos.

No podremos sentirnos en paz en nuestras vidas mientras estemos pensando en el pasado o el futuro. Solo hay un camino: saborear el ahora. Solo cuando nos olvidamos del pasado y el futuro y nos sumergimos en el momento presente nos damos cuenta de que estamos viviendo en total libertad y nada se interpone en nuestro camino.

La lluvia caía sin tregua. Yo me quedé sentada donde estaba, casi sin aliento por la emoción.

Cuando llueva, escuchad la lluvia. Cuando nieve, observad la nieve. Disfrutad del calor del verano y del frío cortante en invierno. Gozad de cada día al máximo, os traiga lo que os traiga.

Este modo de vida es el que se recoge en el Té.

Vivir así os puede ayudar a apreciar lo bueno en todo lo que os encontréis, hasta en las situaciones que los que están a vuestro alrededor describirían como un problema terrible.

Cuando llueve, decimos que hace mal tiempo, pero, en realidad, el mal tiempo no existe. Si puedes apreciar incluso la lluvia, cada día se convierte en un buen día.

«¿Cada día es un buen día?»

Las palabras resonaron en mi cabeza. Ya las había visto en algún sitio antes. Muchas, muchas veces…

Algo me hizo levantar la vista al riel de la pared. Allí, en la penumbra, vi la caligrafía enmarcada donde siempre estaba.

Nichinichi kore kojitsu

«¡Oh!»

«Cada día es un buen día.»

¡Qué coincidencia tan curiosa! Sentí un escalofrío.

Todo lo que había allí, incluida yo, estaba conectado, entrelazado como hilos de un solo rollo de tela.

Esa caligrafía había estado ahí colgada desde mi primera visita a casa de la *sensei*. Los mismos caracteres estaban escritos en el rollo en el primer *chakai* al que nos había llevado. Había observado aquellas palabras muchas veces desde entonces.

Las había tenido delante todo aquel tiempo, pero no las había visto de verdad hasta ese momento.

Su mensaje me llegó alto y claro y me resonó como un eco por el corazón: «Abre los ojos, nuestras vidas son un torrente de oportunidades perfectas para descubrir lo que podemos disfrutar cada día, sin importar lo que nos traiga. Exactamente como parece que acabas de hacer ahora».

Me sentí como si estuviera de pie, muy erguida, al aire libre, enfrentándome al mundo mientras me caía la lluvia encima.

Respiré profundamente y pensé, con total claridad: «¡Tengo que recordar cómo me siento ahora cada día de mi vida!».

CAPÍTULO 14
—

CRECER LLEVA TIEMPO

Lo que se enseña y lo que no

En mi decimoquinto año de estudio del Té, en otoño, Yukino y yo aprendimos un *o-temae* llamado *bonten*. Era la última etapa de mi largo camino, que había empezado con los fundamentos del *usucha*, *koicha* y *sumi-temae* y había pasado por las distintas variaciones conocidas como *naraigoto* —literalmente, «cosas que aprender»— y, a continuación, por los procedimientos cada vez más complejos del *satsubako*, *karamono* y *daitenmoku*.

Sin embargo, en el Té una no se gradúa. Seguía pasándome las lecciones practicando el *o-temae* una y otra vez, todas las semanas, con los mismos comentarios de siempre por parte de la *sensei*.

—Cógelo con la mano derecha y pásalo a la izquierda —decía. O—: Ponlo en la segunda ola del tatami. —Refiriéndose a las crestas formadas por el tejido de las esterillas de juncos.

A decir verdad, hacía diez años que albergaba dudas sobre algo...

La *sensei* solo hablaba sobre el *o-temae*. Eso me había parecido perfectamente natural cuando acababa de empezar a aprender, claro, pero cuando pasaron tres, cuatro y cinco años y yo había progresado, aunque fuera un poco, ella seguía hablando solo sobre movimientos o secuencias concretas.

—Asegúrate de sacar el agua caliente del fondo de la tetera. —O—: Coge el *hishaku* desde un poco más arriba cuando sirvas agua.

«El Té no es mucho más que el *o-temae*.»

Cuando empecé a notar cambios en mí misma —a apreciar temporadas o estaciones en las que nunca antes había reparado o a percibir que se me alteraban los sentidos de algún modo—, mis dudas no hicieron más que intensificarse.

«¿Por qué la *sensei* no habla de nada que no sea el *o-temae*? ¿Tan importantes son los procedimientos? ¿Y qué pasará si consigo hacer el *o-temae* a la perfección?»

A pesar de mis dudas, la *sensei* seguía centrada en corregirme el *o-temae* hasta el más minucioso detalle, y cinco años se convirtieron en diez y en quince.

—Verás —me explicó—, a medida que pasa el tiempo y te acostumbras a un procedimiento, se te cuelan pequeñas excentricidades o empiezas a olvidar movimientos sutiles aquí y allá. Por eso es importante llevar a cabo el *o-temae* adecuadamente cada vez, poniéndole todo tu empeño igual que hacías cuando estabas empezando a aprender Té.

Tenía la impresión de que la *sensei* no estaba interesada en nuestras percepciones personales. Estaba segura de que, si yo hubiera sido maestra, habría hablado de esas percepciones.

Sin embargo, cuando empecé a estudiar el *chaji*, en mi decimotercer año, las piezas del puzle comenzaron a encajar y me dieron una visión clara de lo que era el Té en realidad. Así, durante los silencios en los que el mismo tiempo parecía pararse, pensaba: «Puede que la *sensei* simplemente no hable de estas cosas aunque sí las sienta...».

La *sensei* se sentaba muy quieta, con los ojos entrecerrados como si escuchara algo. Parecía temblar un poco. Al abrirlos, su expresión sugería que estaba a punto de hablar, pero sus ojos simplemente sonreían mientras espiraba con suavidad.

Ese sábado de junio en el que diluvió, cuando miré el rollo que decía «Escucha la lluvia», fue la primera vez que sentí que podía hacerme una ligera idea de por qué no hablaba.

Yo también había sido incapaz de expresarlo con palabras...

Cualquier cosa que hubiera dicho estaría alejadísima de la esencia de aquella experiencia. Las sensaciones y las emociones superan el alcance del lenguaje. Por eso no pude hacer más que quedarme allí sentada, sin palabras, tragándome un caudaloso torrente de emociones. Atrapadas dentro de mí sin poder salir, solo podían provocarme ganas de llorar.

.

.

.

Ese momento de silencio me había hecho entender con una claridad casi dolorosa lo poco que somos capaces de ver en el interior del corazón de los demás.

Si alguien mira dentro de una sala de té, solo verá a gente sentada en silencio mientras alguien prepara *matcha*.

Sin embargo, incluso en ese momento, está pasando algo más, invisible para cualquier observador.

Ese es el más rico de los silencios.

.

.

.

Es un silencio que envuelve una lucha entre el deseo ferviente de compartir la experiencia, el vacío de saber que las palabras no pueden expresarla adecuadamente y la angustia por no poder comunicarse.

Yo no sabía que el silencio podía ser tan intenso…

Me parecía que, una al lado de otra, en medio de la quietud, la *sensei* y yo compartíamos la misma sensación. Puede que no abriera la boca, pero su silencio hablaba a gritos sobre lo que ella no podía expresar.

Lo que nos estaba enseñando realmente iba más allá del *o-temae*.

Siempre que abría la puerta y entraba en el recibidor de la *sensei*, lo primero que veía eran unas flores y una tarjeta caligrafiada puestas encima del zapatero. Los días de calor, el hilo de agua que caía en el aguamanil de piedra se convertía en un chorrito. Cuando levantaba la tapa de un plato para dulces, me encontraba *wagashi* preciosos y ordenados en el interior. En el *tokonoma* había flores acabadas de coger esa mañana y un rollo. El *mizusashi*, el *natsume*, el tazón de té, el *futaoki*…

Todo estaba relacionado con la temporada y ligado a la temática del día. Formaba parte del espíritu de hospitalidad del Té, pero la *sensei* nunca lo mencionaba. Por eso yo solo reparaba en una o, como máximo, en dos cosas al principio. Después de veinte años, veía tres o cuatro. Solo cuando empecé a darme cuenta de estas cosas por mí misma empecé a entender cuánta atención le dedicaba la *sensei* a mostrarnos su hospitalidad: preparaba toques relacionados con la estación sin saber cuándo repararíamos en ellos. De hecho, lo más probable es que hubiera un montón de pequeños artificios que había preparado y que se nos escapaban por completo.

Si yo hubiera estado en su situación, seguramente habría querido contarles a mis estudiantes lo que hacía por ellas, pero hay ciertas cosas que no se pueden expresar con palabras.

La *sensei* estaba esperando con paciencia a que nuestras mentes maduraran lo suficiente como para descubrir todo aquello por nosotras mismas.

Al comienzo de mi aprendizaje preguntaba constantemente: «¿Por qué?». La *sensei* siempre respondía: «No importa el porqué. Simplemente, así se hace en el Té».

Esto me dejaba estupefacta. En el colegio me habían enseñado que, si no entendía algo, tenía que hacer preguntas hasta comprenderlo, y me disgustaban las tendencias aparentemente feudales del Té.

Sin embargo, las cosas que no entendía empezaban a aclararse ante mis ojos, una a una. Pasan diez años, quince, y, de pronto, te das cuenta de algo. «¡Ah, eso era lo que significaba!» Las respuestas venían cuando querían.

El Té consistía en experimentar físicamente la estética y la filosofía del modo de vida tradicional japonés, en el que se da mucha importancia a vivir en armonía con las estaciones conforme van pasando.

Lleva tiempo aprender las cosas bien, pero después de cada uno de esos momentos en los que se me encendía la bombilla, el conocimiento que adquiría pasaba a formar parte de mí, de mi cuerpo.

Si la *sensei* nos lo hubiera explicado todo desde el principio, el largo proceso no habría culminado en la recompensa de encontrar las respuestas por mí misma. Ella había dejado mucho margen para que hiciéramos estos hallazgos.

Yo había estado segura de que, si fuera maestra, les habría hablado a mis alumnas sobre toda la alegría de esos descubrimientos, pero ahora me daba cuenta de que eso sería robarles el placer del hallazgo solo por mi satisfacción personal.

La *sensei* nos enseñaba el procedimiento y nada más que el procedimiento, pero también intentaba que aprendiéramos a través de lo que no nos enseñaba. Así, nos dejaba libres.

Porque el procedimiento lo es todo. Sí, el del Té es estricto y deja poca libertad, pero, aparte del procedimiento, no hay más reglas ni limitaciones.

En el colegio nos enseñan a encontrar una *respuesta correcta* predeterminada dentro de un espacio de tiempo. Los estudiantes que hallan la respuesta más deprisa son loados como los más inteligentes, mientras que las malas notas esperan a los que se toman demasiado tiempo para contestar, dan una respuesta diferente o, simplemente, no encajan en el sistema.

Sin embargo, en el Té no hay fechas límite para hacer hallazgos. Cada persona es libre de tomarse tanto tiempo como necesite para entender las cosas, ya sean tres años o veinte. Cuando llega el momento de darte cuenta de algo, te das cuenta. Cada uno madura a un ritmo diferente. El hallazgo estaba esperando a que fuera el momento adecuado para ti.

Los más rápidos en la adquisición de conocimientos no se consideran mejores que los demás. Las dificultades para entender algo ayudan a desarrollar el carácter.

No es cuestión de si las respuestas son correctas o incorrectas, superiores o inferiores.

«La nieve es blanca.»

«La nieve es negra.»

«No está nevando.»

Todas son respuestas. Todo el mundo es diferente y sus respuestas también lo son. El Té acepta a todo el mundo tal y como es.

Como en el juego de mesa Othello, el blanco y el negro habían estado al revés dentro de mi cabeza. Había estado convencidísima de que el Té era un mundo que ataba a la gente con sus normas y la obligaba a amoldarse, y ahora veía que ofrecía una libertad total.

Nuestro sistema educativo premia la individualidad, pero hacer que la gente compita crea limitaciones. En cambio, a pesar de sus formalidades y normas estrictas, el mundo del Té suele albergar una enorme libertad al aceptar a los individuos tal como son.

¿Qué es la verdadera libertad?

Y ¿se puede saber por qué estamos compitiendo?

Tanto la escuela como el Té tienen el objetivo de promover el crecimiento personal, pero hay una diferencia importante entre los dos. En la escuela, te estás comparando constantemente con los demás. En el Té, con cómo estabas tú mismo ayer.

Me acordé de una figura saliendo de una sala: una mujer mayor que debía de tener más de ochenta años, con el pelo blanco perla bien peinado y un chal de color violeta claro enrollado holgadamente sobre los hombros...

Michiko y yo la habíamos conocido durante la comida aquel día en Sankeien, cuando la *sensei* nos había llevado al primer *chakai*.

—Bueno, me voy a estudiar otra sesión —había dicho con alegría la señora cuando se iba—. Estudiar es muy divertido, ¿verdad?

Como veníamos de empollar para los exámenes de acceso a la universidad, Michiko y yo pensamos que la palabra *estudiar* se hacía extraña en boca de una octogenaria.

Veinte años más tarde he llegado a la conclusión de que hay otro tipo de estudio bastante diferente del que hacemos en el colegio. No busca dar las respuestas que te han enseñado ni competir por ver quién es mejor, sino que conlleva descubrir las respuestas por uno mismo, una a una. Significa usar los métodos que mejor te vayan para crear un camino de crecimiento que se adecue a ti tal y como eres.

Hay que fijarse en las cosas, hay que cuidar el crecimiento personal a lo largo de toda la vida.

En otras palabras, *estudiar* significa «cultivar el yo».

CAPÍTULO 15

—

VIVE EN EL PRESENTE
CON UN OJO PUESTO EN EL FUTURO

Tazones de té del Zodiaco

—Tenéis que empezar a enseñar Té en algún lugar —nos dijo la *sensei* a Yukino y a mí—. Es la mejor forma de aprender, ¿sabéis?

—¡No estamos preparadas para eso! —repusimos.

Cuando llevábamos catorce años estudiando Té, a Yukino y a mí nos habían entregado una placa que nos nombraba instructoras locales certificadas, pero ninguna de las dos buscó estudiantes. Simplemente seguimos asistiendo a nuestras lecciones como siempre… Diez años más.

En el trabajo había chocado muchas veces contra un muro. Había vivido temporadas bajas. Había habido despedidas y nuevos encuentros.

Había cambios radicales que transformaban el mundo a mi alrededor. Empresas que parecían sólidas se desmoronaban y sistemas que se habían considerado eternos e inmutables caían.

En cuanto a mí, cuando llegaba el sábado, siempre iba a Té.

Gracias al olor del carbón y el sonido del viento entre los pitidos de la tetera, ponía en pausa los pensamientos sobre mí y abría el corazón por completo a los cinco sentidos.

Bañada por la luz blanca que se filtraba por las puertas correderas de papel, observaba con atención mientras alguien movía el *chasen* hacia delante y hacia atrás, comía *wagashi*, bebía té caliente y espiraba lentamente.

«Yo también soy parte de las estaciones. Solo necesito conectar con ellas así.»

Esta emoción surgía de los recovecos más profundos de mi corazón y, de pronto, sin motivo alguno, la mirada se me nublaba por las lágrimas. Y entonces volvía a casa revitalizada y sintiéndome bastante diferente a cuando había salido.

Iba a Té a sumergirme en la realidad.

Cuando hacía seis días que había empezado el 2001, tuvo lugar la *hatsugama* en casa de la *sensei* a las once y media. Con todas las estudiantes reunidas, empezamos con el saludo.

—Feliz año nuevo a todas —dijo la *sensei*.

—¡Feliz año nuevo! —contestamos nosotras a coro.

Vestida con un kimono de color marrón chocolate y de un solo blasón, con las manos tocando ligeramente el tatami, la *sensei* añadió:

—Quiero daros las gracias a todas por acompañarme en este viaje durante tanto tiempo a pesar de todas mis limitaciones. Os estoy realmente agradecida.

Me pregunté qué había llevado a la *sensei* a decirnos eso justo aquel día. Me sorprendió y me emocionó.

La *sensei* tenía cuarenta y cuatro años cuando yo había empezado a estudiar Té a los veinte. Veinticuatro años más tarde, yo tenía la misma edad que ella entonces, por lo que ella había cumplido los sesenta y ocho.

Su hija se había casado y la *sensei* ya era abuela. La tía Takeda que yo había conocido entonces era suave y algo rellenita, como un pastelito de arroz *habutae-mochi*, pero ahora era pequeña y delgada, aunque tan elegante como de costumbre. Siempre se esforzaba por cultivar su relación con los demás, pero nunca era pesada. Su actitud y tono de voz nunca cambiaban, sin importar en compañía de quién estuviera. Expresaba lo que pensaba con sencillez, como una verdadera yokohamita, tajante y al grano. A pesar del paso del tiempo, la *sensei* no había cambiado lo más mínimo.

—Ya ha vuelto la *hatsugama* —prosiguió—. Sé que repetimos los mismos acontecimientos un año tras otro, pero hace poco he sido capaz de valorar algo: la felicidad de poder hacer lo mismo todos los años.

La verdad era que en el Té había mucha repetición. Las estaciones llegaban como un reloj: primavera, verano, otoño, invierno, otra vez primavera, y así en un ciclo anual sin fin. También había un ciclo aún mayor, de doce años, a cada uno de los cuales le correspondía uno de los animales del Zodiaco japonés: la rata, el buey, el tigre, el conejo, el dragón, la serpiente, el caballo, la oveja, el mono, el gallo, el perro y el jabalí.

En cada *hatsugama*, sin excepción, aparecía un utensilio que evocaba el animal del año nuevo. El año del gallo era una cajita de incienso con un motivo de gallos. El año del tigre, un tazón de té decorado con una ilustración de un amuleto de la buena suerte de papel maché en forma de tigre. Y reaparecían en el mismo orden cada doce años.

Cada revolución completa de las estaciones nos hacía avanzar un año más en el ciclo de doce años del Zodiaco, como la Tierra rota su eje a la vez que gira alrededor del Sol.

El 2001 era el año de la serpiente. En la parte delantera del tazón de *usucha* había un *kanji* antiguo que representaba a la serpiente en el Zodiaco.

Los utensilios de té asociados con estos doce animales solo se pueden usar en el año adecuado. E, incluso entonces, no es posible utilizarlos todo el año, solo en la primera y la última lección.

Siempre le poníamos punto y final al año con el tazón de té del animal del Zodiaco y un rollo que decía: «*Mazu konnen buji medetaku senshuraku*», «Disfruta de haber llegado a salvo al final de otro año».

Después de eso, el tazón se guardaba en su caja de madera y se dejaba en algún rincón, al fondo del armario, donde no veía la luz hasta que le volviera a tocar el turno cuando hubieran pasado doce años.

Yo lo descubrí en mi primera *hatsugama*.

—¡No! —exclamé—. ¿Cada doce años? Pero ¡eso significa que solo se puede usar el tazón tres o cuatro veces en la vida!

—Exacto —respondió la *sensei*.

—¿Y, aun así, lo compró, *sensei*? —pregunté con incredulidad. Ella me lo confirmó. Yo apenas podía creerlo. El Té me pareció increíblemente derrochador.

Observando el mismo tazón de té, me acordé de mi estupor inicial y sentí una oleada de nostalgia por mi yo de veinte años. Era la tercera vez que tenía entre mis manos aquel tazón con el *kanji* de la serpiente…

Sorbí el último trago de *usucha* y, a continuación, examiné el tazón sosteniéndolo con las dos manos a medida que lo giraba.

«Tenía treinta y dos años la última vez que bebí *usucha* de este tazón. Fue justo después de haber conseguido publicar mi libro. La próxima vez que beba de él, tendré sesenta y seis. Me pregunto qué vida llevaré entonces... ¿Con quién la viviré y dónde?»

—La última vez que usamos este tazón, mi hijo aún estaba en la universidad —dijo una de nosotras interrumpiendo mi ensoñación—, pero ahora tengo dos nietos que van a primaria.

—Me pregunto cómo será el mundo la próxima vez que veamos este tazón de té —reflexionó otra.

—Espero que sigamos teniendo buena salud —dijo una tercera.

—¡Yo tendré ochenta años! —nos dijo la *sensei*.

Todas nos pusimos a reír.

Cuando mirábamos el tazón del Zodiaco, cada una veía su propia vida desde una gran distancia.

Me pregunté cuántas veces más volvería a vivir aquel ciclo de doce años.

«¿Dos más? ¿Quizá tres? Y entonces desapareceré de la faz de la tierra.»

El Té va rotando con las estaciones mientras avanza infinitamente por el Zodiaco, pero nosotros solo vivimos ese ciclo seis o siete veces como máximo.

Este pensamiento nos deja entrever con exactitud lo limitado que es el tiempo que tenemos en este planeta. A mí me hizo querer disfrutar y saborear ese tiempo precisamente porque es muy limitado. Tenía la sensación de que el tazón del Zodiaco quería decirme algo: «La vida tiene sus altibajos, pero ten paciencia; no tengas prisa. Tómate tu tiempo mientras forjas tu carácter. La vida es vivir cada momento con un ojo puesto en el futuro».

Durante los últimos veinticuatro años había adquirido una visión global de los ritmos de las estaciones japonesas. En el pasado, me había quejado de que la *sensei* no nos dejara practicar el mismo *o-temae* una y otra vez hasta dominarlo, pero me había dado cuenta de que el Té consiste precisamente en disfrutar de esos cambios. Había memorizado los nombres de muchas flores para la sala de té. Podía cruzar una esterilla de tatami en seis pasos sin pensarlo. Apreciaba la belleza exquisita de los *wagashi* en todo su esplendor. Hasta tenía unas cuantas frases favoritas de los rollos que se colgaban…

Después de aquellos descubrimientos, llegaban momentos en los que me daba cuenta de en qué consistía el Té, pero, tan pronto como escuchaba a las maestras en un *chakai* hablar de la forma elegante de la boca de un tazón de té del estilo Raku o de la belleza de un motivo de líneas cuidadosamente marcadas en las cenizas del *furo* o de las pinceladas de un rollo hechas por un maestro zen, me volvía a parecer que era otro mundo diferente al mío.

Al final, lo que yo consideraba que era el Té no era más que el fragmento minúsculo que yo podía ver. Seguía lejos de poder comprender la mayor parte del mundo del Té. Incluso ahora sigo sin saber nada…

Por otro lado, también creo que eso es el Té: un poliedro con un número infinito de caras.

Algunas personas dicen que el Té es la estética formal de un estilo de vida que hace mucho que desapareció. Otras lo consideran un compendio de artes japonesas. Un escritor hasta lo describió como una religión que le rinde culto a la belleza y que busca el vacío mediante la devoción firme a la práctica del *o-temae*. Otros lo han llamado una recopilación de sabiduría para vivir en armonía con las estaciones e, incluso, un estilo de zen…

El Té permite cualquier interpretación, lo que significa que mi forma de verlo es solo uno de los miles de mundos que tiene el Té.

Puede que el Té simplemente refleje a la persona y que haya tantas formas de Té como personas.

—Tendríais que intentar enseñar —dijo la *sensei*—. Se aprenden muchas cosas, ¿sabéis?

En nuestro vigesimoquinto año de Té, Yukino y yo dimos el primer paso para obtener la cualificación de maestras del Té.

Volviendo a casa juntas, como solíamos hacer, una le dijo a la otra:

—Tengo la sensación de que vamos a empezar las verdaderas lecciones de Té.

—Sí, aquí es donde empieza todo…

EPÍLOGO DE LA EDICIÓN DE 2002

—

Estos escritos cubren solo una fracción de lo que he experimentado gracias al Té en los últimos veinticinco años. Quería describir tantas cosas que el manuscrito original era mucho más largo, pero tuve que reducirlo a la mitad.

Había muchas vivencias que, simplemente, no podía describir con palabras. Iban mostrándose ante mí sin parar, demasiado lejos y demasiado rápidas para seguirles el ritmo. ¿Cómo iba a expresar los espacios mentales que están escondidos a la vista? No sé cuántas veces me he dado cuenta de que estaba ausente en mi escritorio, mirando el vacío.

En primer lugar, lo más importante es que, según los estándares del mundo del Té, solo soy una niña. Que alguien que está tan verde publique un libro sobre el Té parecía extremadamente insensato, pero el Té nos acepta a todos con nuestras imperfecciones, y escribí este libro como una forma de meterme de cabeza en ese abrazo universal. Por favor, informadme de cualquier error, agradeceré de corazón vuestros comentarios.

En japonés, algunos prefieren leer el *kanji* de «Cada día es un buen día» con la pronunciación *Nichinichi kore konichi*. Tanto *konichi* como *kojitsu* tienen un uso amplio, y en casa de la *sensei* nosotras decíamos *kojitsu*, así que he optado por la lectura que me es familiar. También he ocultado la identidad de quienes aparecen en el libro cambiando sus nombres.

No hay palabras que puedan expresar la gratitud que siento hacia la *sensei*, que durante veinticinco años me enseñó a disfrutar del calor del verano y del frío del invierno y me mostró los horizontes infinitos de libertad que hay detrás de las reglas que dictan cada movimiento de pies y de manos. Le dedico este libro a ella. *Sensei*, esto es lo que el Té significa ahora para mí.

A todas las que fueron a lecciones de Té conmigo; a mis amigas, que me dieron apoyo práctico y emocional durante el largo proceso de escribir este libro, y a mi madre y a mi prima, que me animaron a empezar a estudiar Té, les doy las gracias.

Por último, pero no menos importante, quiero dar las gracias a Noriko Shimaguchi, de Asuka Shinsha, por su ayuda durante muchos años. Sin su tenacidad y pasión por crear libros, no habría podido terminar este. Me gustaría aprovechar esta oportunidad para expresarle de todo corazón mi gratitud.

En mi vigesimosexto año de estudio del Té...

Noriko Morishita
Principio de la primavera de 2002

EPÍLOGO DE LA EDICIÓN DE 2008

—

Las estaciones han hecho seis revoluciones completas desde que escribí *Cada día es un buen día*. Sigo yendo a casa de la sensei una vez por semana.

El paisaje de mi vida es definitivamente distinto ahora que estoy en la cincuentena. Tengo mayores responsabilidades y cada vez más quehaceres. No puedo pasarme las noches trabajando como hacía cuando era una treinteañera. Algunas de mis amigas están agotadas por cuidar de sus padres enfermos. Empiezo a poder distinguir con claridad la vejez, que antes no era más que una posibilidad lejana y difusa.

Sigo teniendo momentos fugaces de iluminación de vez en cuando en las lecciones de Té, sin importar qué tenga en la cabeza ese día. Estoy absorta batiendo el té, acompañada por el olor del carbón y el sonido del hilo de agua que cae al aguamanil de piedra y, de pronto, le encuentro sentido a un movimiento que no conseguía entender desde hace años o comprendo el significado más profundo de un rollo colgado en la pared. A veces solo son pequeños descubrimientos, pero algunos me hacen temblar de emoción, como si me hubiera encontrado con un secreto magnífico sobre cómo funciona el universo. Me siento afortunada de poder ganarme la vida escribiendo sobre estos momentos fugaces.

Si pienso en aquella época llena de ansiedad en la que buscaba desesperadamente mi lugar en el mundo y sufría un revés tras otro en la búsqueda de trabajo, siento especial placer al ver que *Cada día es un buen día* se une al catálogo en rústica de Shincho Bunko. Deseo darles las gracias a Seiichiro Sato, Masatoshi Imaizumi y Akiko Kitamura por darme esta oportunidad de encontrarme con nuevos lectores.

Ahora que he llegado a los cincuenta y el paisaje de mi vida ha cambiado, puedo decir sin reserva alguna que estoy contenta de haber perseverado en el Té. El Té me ha mantenido a flote todos estos años, pero puede que la verdadera razón por la que seguí yendo a las lecciones fuera para equiparme para saborear el periodo de mi vida que estaba por venir. Me gustaría escribir una secuela sobre eso algún día.

Bueno, hoy tengo la lección semanal de Té, será mejor que coja los calcetines blancos y la bolsa de utensilios y salga de casa. ¡Hasta pronto!

Noriko Morishita
Principio del otoño de 2008